U0051618

大字清晰版

基礎日本語

趙福泉／著

詳細解析：文、文節、單語、名詞、動詞
形容詞、助動詞、副詞、助詞、接續詞等

適用 中、高級

文法

笛藤出版
DeeTen Publishing

基礎日本語　文法／　2

前言

本書是學習日語的必備參考書，特別是程度為中、高級的讀者，手上若備有這本書，就能隨時查找不懂的文法，同時也可以有系統地掌握日語文法知識。而日語教師也可以把它作為參考書來引導學生學習文法。

文法是語言的結構規律，使語言系統化、規律化，是學習者掌握語言的強大武器。只要掌握了日語文法，在學習中就可以觸類旁通，舉一反三，事半功倍。以此為出發點，作者編寫了這本書，提供給讀者使用參考。所謂簡明日語（口語）文法，是指一些打基礎階段的常用日語文法，因此本書所收錄的文法多是學習日語的人必須重點掌握的。考慮其普遍性，本書採用日語學校的文法系統；為了避免發生誤解，本書的文法用語也採用學校文法用語，如原封不動地使用了文、文節、連體修飾語、連用修飾語等。本書所收錄的文法重點突出，說明簡要，例句生活化、實用，利於讀者學習運用。

本書在總說中簡單說明學習日語文法的必要性，隨即進入本論。本論共分十二個章節：

第一章屬於日語的句法，介紹文、文節、單語以及它們之間的關係；第二章介紹單語及單語的分類；第三章以後則是詞法，其中動詞、形容詞（形容動詞）、助動詞、助詞，是比較重要的部分。

編者　趙福泉

使用說明

1 目錄與索引

本書前面的目錄，是按章節順序編排；書後面的索引，是將此書收錄的文法，以及相關單字、慣用型等，按あ、い、う、え、お順序編排，供讀者查詢每個文法、慣用型所在的章節。

2 使用的術語

本書以中文說明，但為了避免誤解，書中出現的術語是將日本當地出版的語言書籍中，常用的詞類術語如：述語、連用修飾語、連體修飾語等……，直接作為中文使用於本書的說明中。

3 例句前面的符號

例句中正確的句子前面用「○」符號；錯誤的句子則在句子前面畫有「×」符號。

4 其他

本書在部分章節列入圖表，讀者可與其說明對照比較。

基礎日本語　文法

總說

1 什麼是文法

文法簡單地說就是語言的結構規律。例如：

○彼《かれ》は酒《さけ》を飲《の》む。

／他喝酒。

○私《わたし》は酒《さけ》を飲《の》まない。

／我不喝酒。

上述句子裡的喝，表示喝時日語用飲《の》む，不喝時日語用飲《の》まない，為什麼一個用のむ，而一個用のま～呢？為什麼表示不的ない不像中文那樣放在のむ的前面，而要放在のむ的下面呢？再比如：

○桜《さくら》はすぐ咲《さ》くそうだ。

／聽說櫻花就要開了。

○桜《さくら》はすぐ咲《さ》きそうだ。

／櫻花就要開了。

上述兩個句子裡的そうだ，為什麼意思不同呢？再比如：

○道《みち》ばたで木《き》を植《う》えました。

／在路旁種了樹。

○道《みち》ばたに木《き》を植《う》えました。

／把樹種在路旁。

上述句子裡的で與に，兩者都表示在，但它們有什麼不同呢？為什麼有這樣的不同呢？要搞清楚這一類問題，就要研究句子的構成以及有關單語（如動詞、助動詞、助詞等）的使用方法，這一些規律、方法則是文法。

日語文法有詞法與句法兩個組成部分：研究句子的組成部分，如我不喝酒，在日語則要說成私《わたし》は酒《さけ》を飲《の》まない，而不能說成私《わたし》は飲《の》まない酒《さけ》，研究這種句子各個成分的排列順序或各個成分的關係，則是句法；因而上述句子裡的動詞（飲《の》む、咲《さ》く）、助動詞（そうだ）、助詞（で、に），都屬於詞，研究它們用法的，則是詞法。本書為了讓讀者對文法有一個完整的了解，首先說明句法（即文），然後再詳細地說明詞法。

2 為什麼要研究、學習文法

我們是從小就開始講國語，在自然而然的狀態下學會的，不了解文法也不會講錯，即使偶爾出現些錯誤，聽者也都能理解。但學習一門外國語時，則沒這麼簡單，在模仿講話的同時，還有必要摸清楚這門外國語的構成、使用的規律，即搞清楚這門外國語的文法，這樣才能夠一通百通，事半功倍，否則付出成倍的力量也收不到應有的效果。並且一種語言，都有它自己的特殊性，必須清楚了解其特殊性，針對特殊性加以研究，才能學好這門外語。學習日語也是如此。日語的動詞、形容詞規則就和中文不同，他們的語形都是有變化的，而中文的語形則沒有，不掌握這種特點則學不好日語，因此我們有必要學習文法。

第一章　文、文節、單語

第一節 什麼是文、文節、單語

1 文

日語裡的文和我們所說的文章不同，從內容上來看，它表達了一個完整的意思，從形式上來看，它寫出來的時候，在末尾要用一個句號「。」，即是中文裡的句子；而文章則是成段的文章，由幾個或較多的句子組成，兩者不得混淆。句子有長有短，即使短，但意思如果完整也是句子。例如：

○危《あぶ》ない。

／危險！

○よせ。

／不要鬧！

○桜《さくら》が咲《さ》いた。

／櫻花開了。

○この前《まえ》の日曜日《にちようび》はとてもいい天気《てんき》でした。

／上個星期天的天氣真好！

○私《わたし》は李《り》さんとハイキングに行《い》きました。

／我和小李一起出去郊遊了。

上面五個句子，句子有長有短，其中第一、第二個句子只有一個單語，但意思完整，因此兩者都是句子，至於第三、第四、第五個句子，都由許多單語組成，雖然長，但也都是一個句子。

2 文節

有的學者將它譯作句節，有人譯作詞組，但都不是十分確切。它是介乎單語（單詞）與句子之間的單位，也就是將句子按意義自然劃分成短小的，並且能夠表示出其本身在句子中充當什麼成分的語言單位。文節大多是由一個獨立的單語和一個附屬的單語兩者結合起來組成，也有單獨地由一個獨立的單語或由一個自立語和兩個附屬的單語組成。例如：

○この前《まえ》の　日曜日《にちようび》、　私《わたし》は　王《おう》さんとハイキングに　行《い》きました。

／上一個星期天，我和小王去郊遊了。

上述句子畫有——的地方都是文節，この前《まえ》の、私《わたし》は、王《おう》さん、とハイキングに、行《い》きました則是由一個獨立的單詞和一個（有的有兩個）附屬的單詞構成的文節；而日曜日《にちようび》則是一個獨立的單語。

一個句子裡的文節，有的是結束一個句子的文節，稱作結束文節；有的是連接下面文節的文節，稱作接續文節。例如：

○田中先生《たなかせんせい》は　東京大学《とうきょうだいがく》の　教授《きょうじゅ》で　ある。

／田中老師是東京大學的教授。

○田中《たなか》教授《きょうじゅ》は　非常《ひじょう》に　有名《ゆうめい》だ。

／田中教授很有名。

上述句子裡的田中先生《たなかせんせい》は、東京大学《とうきょうだいがく》の、教授《きょうじゅ》で、非常《ひじょう》に都是接續文節，表示還要向下面連接；而ある、有名《ゆうめい》だ則是結束文節，表示一個句子的結束。

但有時只有一個結束文節也可以構成一個句子。例如：

○痛《いた》い。

／痛！

○いらっしゃい。

／歡迎。

○地震《じしん》だ。

／地震啦！

上述句子的痛《いた》い、いらっしゃい都是一個單語，同時也是一個結束文節；地震《じしん》だ是兩個單語組成的結束文節。

3 單語

中文稱作單詞，是語言單位的一種，是構成文（句子）、文節的最小單位。單語如果再進一步分解就會成為一個一個的字，從這個意義上來說，它是語言的最小單位。例如：

○昨日《きのう》｜雨《あめ》｜に｜降《ふ》ら｜れ｜て｜風邪《かぜ》｜を｜引《ひ》き｜まし｜た。

／昨天被雨淋，感冒了。

○先生《せんせい》は、 試験《しけん》 です から、 辞書《じしょ》 を 引《ひ》い ては いけ ませ ん と 注意《ちゅうい》し て くれ ました。

／老師提醒我們說：「因為是考試，所以不要查字典！」

上述句子裡畫有——的地方都是單語（單詞），昨日《きのう》、雨《あめ》、風邪《かぜ》、先生《せんせい》、試験《しけん》、辞書《じしょ》等是單語；而降《ふ》ら、引《ひ》き、注意《ちゅうい》し等也是單語；至於に、れ、て、を、まし、た、は、です、から、を、ては、いけ、ませ、ん、と、て、くれ、まし、た等也同樣是單語。它們都是不能再進一步分解，如果再進一步劃分，則成為單獨的字。

4 文、文節、單語的關係

如前所述，文（句子）由文節組成，文節由單語組成，換一句話說，一個單語或幾個單語結合在一起組成一個文節，一個文節或幾個文節組成一個文（句子）。例如：

○どうか 田中君《たなかくん》に 会《あ》っ たら よろしく 言《い》って ください。

／見到田中君的話，請你代為問候。

上面是一個句子，其中どうか、田中君《たなかくん》、に、会《あ》っ、たら、よろしく、言《い》っ、て、くださ

い是由一個單語構成的文節；而田中君《たなかくん》に、会《あ》ったら、言《い》って則是由兩個單語構成的文節。這種由單語組成的文節，再由幾個文節組成一個句子，這樣進行組合都有一定的規律。這些規律就是文法。

第二節　文（句子）的分類

一個句子從各種不同的角度可以做各種不同的分類：

1 從述語所用的單語性質來看

句子可分為名詞文、形容詞文、動詞文三種類型，這三種類型是構成句子的基本形式，可以說一切句子都是由這三者擴充起來的。

(1) 名詞文

中文稱為判斷句。即述語用名詞だ、名詞です、名詞である的句子，也就是何《なに》が何《なん》である形式的句子則是名詞文。例如：

○田中《たなか》さんは教授《きょうじゅ》だ。

／田中先生是教授。

○內山《うちやま》さんは新聞《しんぶん》記《き》者《しゃ》です。

／內山小姐是記者。

上述句子則是名詞文（名詞句）。

(2) 形容詞文

中文稱作描寫句，即述語用形容詞い、形容動詞だ構成的句子，也就是何《なに》がどんなであるか形式的句子，則是形容詞文（形容詞句）。例如：

○田中《たなか》教授《きょうじゅ》はなかなか有名《ゆうめい》だ。

／田中教授很有名。

○內山《うちやま》さんは忙《いそが》しいです。

／內山小姐很忙。

(3) 動詞文

中文稱作敘述句，即述語用動詞する等構成的句子，也就是何《なに》がどうするか形式的句子，則是動詞文（動詞句）。例如：

○田中教授《たなかきょうじゅ》は今東京大学《いまとうきょうだいがく》にいます。
／田中教授現在在東京大學。
○田中教授《たなかきょうじゅ》は物理学《ぶつりがく》を教《おし》えています。
／田中教授在教物理學。

2 從句子本身的性質來看

從這一角度來看，文（句子）有平敘文、疑問文、命令文、感動文幾種：

(1) 平敘文

中文稱作平敘句，它是疑問文、命令文、感動文以外的普通的表達方式。有肯定與否定之分，一般用用言或助動詞的現在式、過去式或表示推量的表達方式結句，有的時候也可以用體言結句。例如：

○花《はな》が美《うつく》しく咲《さ》いています。
／花開得很美麗。
○家《いえ》はそう遠《とお》くありません。
／家不太遠。

○あの工場《こうじょう》は前《まえ》は町工場《まちこうば》でした。

／那間工場以前是街道工廠。

○これがここの名物《めいぶつ》。

／這個是這裡的名產。

(2) 疑問文

中文稱作疑問句。是用來對對方提出質問的句子。它有下面兩種的構成方式：

①**多在**句末**用終助詞**か**來構成。有時用**かしら、の、わ、だろう**等來構成，這時期待對方作出回答，而句子的結尾多用**上升的語調**來講。**

○忙《いそが》しいですか。

／你忙嗎？

○あの人《ひと》は日本人《にほんじん》ですか。

／他是日本人嗎？

○もう出掛《でか》けしましたか。

／已經出發了嗎？

○雨《あめ》がもうやんだの。

／雨已經停了嗎？

○あなたは内山《うちやま》さんですね。

／你是內山小姐吧？

○あなたも行《い》くでしょう。

／你也會去吧？

在否定的句子下面也可以用か構成疑問文。例如：

○先生《せんせい》はいらっしゃいませんか。

／老師不在嗎？

はい、おりません。

／是，不在。

②**在句子裡使用**疑問詞**如用**なに、いつ、どこ、どちら、どれ、どの、どう、だれ、どなた、どんな、いくら、なん、いく、なぜ、どうして**等時，句子的末尾一般仍要用**か、かしら**等，但省略時，也同樣表示疑問。例如：**

○どこが涼《すず》しい（か）。

／哪裡涼爽？

○何《なに》を買《か》いました（か）。

／買了什麼？

○君《きみ》、どこへ行《い》く（か）。

／你到哪兒去？

以上是構成疑問句的主要方法。另外還有一些構成的方法，但較少用。

(3) 命令文

中文稱作命令句。是說話者命令對方做某種事情或進行某種活動的句子。他有下面幾種表達方式：

①**利用**動詞**及**助動詞**的**命令形，**用**上下一段動詞、サ變動詞**或**助動詞**時在**命令形**下面加**ろ、よ。**這種命令形的說法雖也表示命令，但對聽話者**不夠恭敬，**因此只用於**體育、軍事方面**的口令或**標語口號**中。例如：**

○あつまれ。

／集合！

○右向《みぎむ》け右《みぎ》。

／向右轉！

○次《つぎ》の（ ）に助詞《じょし》を入《い》れよ。

／在下面括號裡填入助詞。

○勝《か》って兜《かぶと》の緒《お》を締《し》めよ。

／戒驕戒躁！

構成禁止命令文時，一般在句子的末尾後續な，表示禁止命令。

○お前《まえ》はじっとしろ。動《うご》くな。

／你老老實實待著！不要動！

○だまされるな。

／不要受騙啊！

②利用慣用型（お）〜なさい、（お）〜ください、〜てくださいい等。一般會話時常用這些說法。例如：

○おかけください。

／請坐！

○お待《ま》ちください。

／請等一等！

○よんでください。

／請唸一唸！

○ちょっと待《ま》ってください。

／稍微等一等！

構成**禁止命令文**時，一般用～てはいけません、～てはなりません。一般會話時常用這些說法。

○みだりに紙屑《かみくず》を捨《す》ててはいけません。

／不要亂扔廢紙！

○危険《きけん》ですから近《ちか》づいてはなりません。

／危險，不要靠近！

○二度《にど》とあんなまねをさせてはなりません。

／別再讓他做那種事！

(4) 感動文

中文稱作感嘆句，是用來表示感嘆的句子。常用的有用なんと～だろう、どんなに～だろう等構成的句子例如：

○なんといい天気《てんき》だろう（でしょう）。

／天氣多麼好啊！

○なんときれいな花《はな》だろう（でしょう）。

／多麼美麗的花啊！

○母《はは》はこのことを聞《き》いてどんなに喜《よろこ》ぶだろう（でしょう）。

／母親若聽到這件事，會多麼高興啊！

3 從主述語結構的簡繁來看

文（句子）有單文（單句）與複文（複句）之分。

(1) 單文

中文稱作單句。是句子裡只有一層關係的主述句子。例如：

○冬《ふゆ》は 寒《さむ》いです。／冬天冷。
主 述

○桜《さくら》が 咲《さ》いた。／櫻花開了。
主 述

○あっという間《ま》に火《ひ》が ひろがりました。／轉瞬間火燒起來了。
主 述

上述句子裡都只有一層主述關係，即只有一個主語、一個述語，因此是單文。

有些句子很長，結構也很複雜，但它只有一層主述關係時，也只是單文。例如：

○一年《いちねん》のほとんど二分《にぶん》の一《いち》の時間《じかん》を雪《ゆき》にうずもれてすごす北海道《ほっかいどう》の人々《ひとびと》は、はやくから冬《ふゆ》を迎《むか》える支度《したく》をしている。
主 述

／北海道的人們在一年裡幾乎有二分之一的時間埋在雪裡生活，他們很早就開始準備過冬。

這句話雖然很長，也很複雜，但主語只有一個，即北海道《ほっかいどう》の人々《ひとびと》は，而述語也只有一個支《し》度《たく》をしている，因此也是單文。

(2) 複文

中文稱作複詞句，是有兩層或兩層以上的主述關係的句子，即句子裡的某一個成分或某幾個成分是由一個小句子構成的。例如：

○象《ぞう》は｜鼻《はな》が｜長《なが》いです。／大象（的）鼻子長。

（鼻が：主　長いです：述）

（象は：主　鼻が長いです：述）

○冬《ふゆ》が｜去《さ》り、春《はる》が｜やってきました。／冬天過去了，春天來了。

（主　述　主　述）

○父《ちち》が｜そう言《い》ったので、ぼくは｜とても嬉《うれ》しかったです。／因為父親這麼說，我很開心。

（主　述　主　述）

上述三個句子是三種類型的複文。第一個句子雖然述語有一個長《なが》い，但主語卻有兩個。也就是鼻《はな》が長《なが》い這裡有一層主述關係，而這一主述關係的小句子構成了主語象《ぞう》は的述語，因此有兩層的主述關係，也是複文。至於第二個句子，是由兩個並列的小句子組成的，有並列的兩層主述關係，因此是複文。第三個句子，前面的條件有一層主述關係，後面的主句也有一層主述關係，因此它也是複文。

4 從句子的表達方式來看

即從所有的述語表達方式來看，有敬體文與常體文之分。

(1) 敬體文

日語也稱作ます体文，中文稱作敬體句。它是會話或寫文章的一種表達方式。是比較規矩、莊重並且是對聽話者有禮貌的表達方式。它在句子裡多用ます或です（包括它們的活用形態）或其他表達方式結述的句子。例如：

○私《わたし》たちは京都《きょうと》へ旅行《りょこう》に行《い》きました。京都《きょうと》は日本《にほん》の古《ふる》い都《みやこ》です。名所古蹟《めいしょこせき》が非常《ひじょう》に多《おお》いです。

／我們到京都旅行去了。京都是日本的古都。名勝古蹟很多。

上述三個句子分別用行《い》きました、古《ふる》い都《みやこ》です、多《おお》いです作述語來結束句子，表現得規矩，有禮貌，因此都是敬體文。

(2) 常體文

中文稱作簡體句。是與常體文相對而言的用語，也是會話或寫文章的一種表達方式。它

是簡單而隨便的表達方式，用於不需表示敬意的談話對象和書寫書刊雜誌的文章。它表現在句子的述語多用だ、～である來結束。因此有人稱之為だ体或である体，除了使用だ、である以外，常用動詞、形容詞、助動詞的終止形或過去式等結句。例如：

○私《わたし》たちは京都《きょうと》へ旅行《りょこう》に行《い》った。京都《きょうと》は日本《にほん》の古《ふる》い都《みやこ》である。名所古蹟《めいしょこせき》が多《おお》い。

／我們到京都旅行去了。京都是日本的古都。名勝古蹟很多。

上述三個句子分別用行《い》った、古《ふる》い都《みやこ》である、多《おお》い作述語來結束句子，因此是常體文。

這樣講話隨便，不是那麼有禮貌，因此對上級、長輩一般不這麼講。

第三節 文（句子）的構成

一般的句子由主語文節、述語文節（簡稱為主語、述語）構成，除了主語、述語以外有時還有客語文節或補語文節（簡稱為客語、補語），還有修飾語文節。（簡稱為修飾語）。

①主語文節（簡稱主語）

中文也稱作主語，它是句子的主要成分。主語和述語搭配即可以構成完整的句子。每個句子都應該有表示動作、狀態的主體。例如：

○桜《さくら》がもう咲《さ》くそうだ。

／據說櫻花很快就開了。

○昨日《きのう》私《わたし》たちは花見《はなみ》に行《い》きました。

／昨天我們賞櫻花去了。

上述句子裡綠字的地方則是主語。

但也有下面這樣，在句子裡找不到主語的情況：

(1)主語省略

在句子的前後關係比較清楚的情況下，主詞有時省略，不出現在句子裡。特別是日本語，在談話時，不出現主語的情況是比較多的。例如：

○「何《なに》を買《か》いましたか。」

／「你買了什麼？」

○「本《ほん》を二三冊《にさんさつ》を買《か》いました。」

／「我買了兩三本書。」

上述兩個句子都省略了主語，前一句是問話，省略了あなたは，後一句是答話，省略了わたしは。在問答時一般多省略あなたは、わたしは。

(2)不用主語的句子

在日語裡也有一種不用主語的句子，如果用了主語倒顯得多餘。這種句子還有下面兩種情況：

①使用敬語，情況比較清楚，因而不用主語。例如：

○お出掛《でか》けですか。

／您出去嗎？

○お入《はい》りください。

／請進！

上述兩個句子如果用主語，則要用「あなたは」，但用了「あなたは」倒成了畫蛇添足，一般不用的。

②有關氣候、天氣的用語。例如：

○だんだん暖《あたた》かくなりましたね。

／漸漸暖和了啊！

○だいぶ曇《くも》ってきましたね。

／天陰起來了呢！

上述兩個句子都是不用主語的句子。前一個句子勉強用主語則是「気候《きこう》は」，後一個勉強用主語是「空《そら》が」，但是在日語裡這種情況都是不用主語的。

2 述語文節（簡稱述語）

中文稱作述語。也是句子的主要成分之一。它具有敘述事物的活動、狀態的機能，和主語搭配起來即可構成一個完整的句子。述語一般放在句子其他成分的最後，放在句子的末尾。表示人、事物的存在、狀態或動作。例如：

○私《わたし》は毎朝《まいあさ》六時《ろくじ》に起《お》きます。

／我每天六點起床。

○子猫《こねこ》はとてもかわいいです。

／小貓很可愛。

○交通《こうつう》はなかなか不便《ふべん》です。

／交通很不方便。

○昨日《きのう》雨《あめ》に降《ふ》られました。

／昨天被雨淋了。

上述句子綠字的地方都是述語。述語和主語不同，除了在非常清楚的情況以外，很少省略述語。

3 客語文節（簡稱客語）

也稱作目的語。也是句子的成分之一，是述語他動詞的直接動作對象，一般由體言，或具有體言資格的各種文節後面加を構成。例如：

○毎日《まいにち》新聞《しんぶん》を読《よ》みます。

／每天看報。

○あの人《ひと》を知《し》っていますか。

／你認識那個人嗎？

○彼《かれ》が来《く》るのを知《し》りませんでした。

／我不知道他會來。

○いつ帰《かえ》るか（を）お知《し》らせください。

／請知會我將何時回來。

上述句子的綠字都是客語。

4 補語文節（簡稱補語）

在中文裡對它有多種不同的稱呼。它也是句子的成分之一。是在體言下加格助詞に、で、と、から、より等構成的。用它來補充述語在敘述上的不足或欠缺。例如：

○兄《あに》は京《きょう》都《と》大学《だいがく》に入《はい》りました。
／哥哥進入了京都大學。
○弟《おとうと》は友達《ともだち》と遠足《えんそく》に行《い》きました。
／弟弟和朋友郊遊去了。
○教室《きょうしつ》には机《つくえ》が十《とお》あります。
／教室裡有十張桌子。
○答案《とうあん》はペンでお書《か》きなさい。
／請用筆寫考卷。
○姉《あね》は風邪《かぜ》で学校《がっこう》を休《やす》みました。
／姊姊因為感冒向學校請了假。
○明日《あした》から中間《ちゅうかん》試験《しけん》をします。
／從明天開始進行期中考。

上述句子裡有綠字的地方都是補語（補語文節）。它們都是用來補充述語所敘述的不足或欠缺。如第一個句子兄《あに》は入《はい》りました，這樣講很不完整，人們聽了一定會問：「進入到哪裡去了？」這樣就需要京都大学《きょうとだいがく》に這一補語。其他句子也是如此。

5 修飾語

中文也稱作修飾語。是與被修飾語相對而講的，是句子的輔助成分，用來限定或詳細描述主語、述語、補語、客語各種成分的性質或狀態。根據修飾語的詞類或修飾的對象（即被修飾語）不同，它有連用修飾語與連體修飾語。

(1) 連用修飾語

用它來修飾用言（即動詞、形容詞、形容動詞）或助動詞等，因此稱作連用修飾語。即限定或詳細敘述下面用言的性質、狀態的修飾成分。例如：

○お腹《なか》がしくしく痛《いた》いです。

／肚子一陣一陣地疼。

○北風《きたかぜ》がピュウピュウ吹《ふ》きます。

／北風呼呼地颳。

○ゆっくり歩《ある》きなさい。

／慢慢走！

○多分《たぶん》きれいに書《か》くだろう。

／應該會寫得很清楚吧。

上述句子裡綠字的地方是連用修飾語，而帶有。。。符號的地方則是被修飾語。

(2) 連體修飾語

用它來修飾體言（即名詞、代名詞）等，因此稱作連體修飾語。例如：

○とてもきれいな町《まち》です。

／是一個非常乾淨的鄉鎮。

○内山《うちやま》さんは忙《いそが》しい人《ひと》です。

／內山小姐是個大忙人。

○あの眼鏡《めがね》をかけた先生《せんせい》は野村先生《のむらせんせい》です。

／那位戴眼鏡的老師是野村老師。

〇この会社《かいしゃ》は大学出《だいがくで》の社員《しゃいん》が多《おお》いです。

／這間公司大學畢業的職員多。

上述句子裡綠字的地方是連體型修飾語，而畫有。。。的地方則是被修飾語。

第四節 句子成分的順序——主、述、補、客語及修飾語的順序

句子裡的成分一般都是按一定順序排列的。概括起來講，下面這幾條規律是一定的，是不可變的。

①**在一個句子裡，**主語**一般在**述語的前面**。這點和中文一樣。例如：**

○道《みち》は悪《わる》いです。

／路不好走。

○兄《あに》は起《お》きました。

／哥哥起來了。

②主語**一般是在**句子的最前面**，也可以放在**中間**；不過**述語**一定要在**句子的最後面**。例如：**

○雨《あめ》の降《ふ》る日《ひ》は道《みち》が悪《わる》いです。

／下雨天，路不好走。

○六時《ろくじ》に兄《あに》が起《お》きました。

／六點哥哥起來了。

上述句子裡的述語悪《わる》いです、起《お》きました都放在句末；而主語道《みち》が、兄《あに》が都沒有放在句首，而放在句子中間。

③客語、補語一般放在述語的前面，這點和中文是不同的，中文裡的客語、補語往往在述語的後面。因此我們學習日語必須注意這一點。例如：

○私《わたし》は毎日《まいにち》新聞《しんぶん》を読《よ》みます。

／我每天看報。

○汽車《きしゃ》は駅《えき》に着《つ》きました。

／火車到站了。

上述句子，中文的客語、補語都在述語的後面；而日本語的客語、補語則在述語的前面。

④連體修飾語和中文相同，都是在被修飾語的前面。例如：

○東京《とうきょう》は日本一《にほんいち》の大都会《だいとかい》です。

／東京是日本第一的大城市。

○明《あか》るい部屋《へや》には絵《え》がいくつもかけてあります。

／在明亮的房間裡，掛著好幾幅畫。

⑤連用修飾**要放在**被修飾語的前面。

○ゆっくり考《かんが》えてください。

／請你慢慢想！

○そんなに遠《とお》くは跳《と》べません。

／跳不了那麼遠。

值得注意的是，中文的狀態（相當於連用修飾語）一般放在述語的前面，但有時也放在述語的後面，這時中文譯成日本語時，必須注意。例如：

○足《あし》が痛《いた》くて、そんなに速《はや》く歩《ある》けません。

／腳痛，沒辦法走那麼快。

○遠《とお》いからはっきり見《み》えません。

／太遠，看不清楚。

○部屋《へや》をきれいに掃除《そうじ》しました。

／把房間打掃乾淨了。

⑥當多個連體修飾語修飾同一個體言，或多個連用修飾語修飾同一個用言時，哪個在前哪個在後的問題，通常沒有太多的限制，基本上都可以。例如：

○①それは明《あか》るくて大《おお》きい部屋《へや》です。

／那是亮且大的房間。

○②それは大《おお》きくて明《あか》るい部屋《へや》です。

／那是大且亮的房間。

○③李《り》さんはゆっくり丁寧《ていねい》に答《こた》えました。

／小李慢慢地很規矩地回答了。

○④李《り》さんは丁寧《ていねい》にゆっくり答《こた》えました。

／小李很規矩地慢慢地回答了。

上述第一句、第二句兩者的說法都可以的。而第三句和第四句也都是可以的。

但在用兩個連用修飾語時，有時則不能前後調換。例如：

○もっとゆっくり言《い》ってください。

／請你再慢一點說。

這時則不能說成：

×ゆっくりもっと言《い》ってください。

因為在這句裡もっと雖是連用修飾語，但它是修飾ゆっくり的，而不是修飾言《い》う的，因此不能掉換。

以上是句子成分的基本順序，但有時也會為了強調某一個成分，而把它提到前面，也就是倒置起來。例如：

○電車《でんしゃ》が来《き》たよ。

／電車來了。

○あ、太陽《たいよう》が出《で》た、出《で》た。

／啊！太陽出來了，出來了。

這兩句話是一般的表達方式，但要突出述語時則可以把述語提前。例如：

○来《き》たよ、電車《でんしゃ》が。

／來了喔！電車。

○あ、出《で》た、出《で》た、太陽《たいよう》が。

／啊！出來了，出來了、太陽。

再比如：

○東大《とうだい》の試験《しけん》にパスしたよ。

／考上東大了。

○りんごを買《か》って来《き》た。

／買了蘋果來。

這兩句話如果要突出述語パスした、買《か》って来《き》た，也可以將它們提前。例如：

○パスしたよ、東大《とうだい》の試験《しけん》に。

／考上了，東大。

○買《か》って来《き》た、りんごを。

／我買來了，蘋果。

第二章 單語及單語的分類

第一節 品詞的分類

將日本語的單語從文法的角度，按其形態、文法功能和語義進行分類，則是品詞的分類。

從這一角度分類共分為十二類。

①**動詞：**書《か》く、食《た》べる、起《お》きる、来《く》る、する**等**。

②**形容詞：**高《たか》い、明《あか》るい、忙《いそが》しい、美《うつく》しい**等**。

③**形容動詞：**静《しず》かだ、賑《にぎ》やかだ、立派《りっぱ》だ、有名《ゆうめい》だ**等**。

④**名詞：**牛《うし》、テレビ、富士山《ふじさん》、コロンブス**等**。

⑤**代名詞：**私《わたし》、君《きみ》、ここ、どこ、それ、どれ、あちら**等**。

⑥**數詞：**三《さん》、四《よん》、五《いつ》つ、九《ここの》つ、十《とお》、六人《ろくにん》、三番《さんばん》**等**。

⑦**副詞：**ゆっくり、こっそり、とうとう、ついに、にわかに、急《きゅう》に**等**。

⑧**連體詞：**あの、どの、こんな、あらゆる、いわゆる**等**。

⑨**接續詞：**そして、それから、だから**等**。

⑩**感動詞：**おお、あ、はい、いいえ**等**。

⑪**助動詞：**せる、させる、れる、られる、です、ます、らしい、ようだ、そうだ**等**。

⑫**助詞：**が、の、に、を、て、ながら、ば、と、は、こそ、だけ、さえ、ね、よ、な**等**。

第二節　體言、用言

1 體言

名詞、代名詞、數詞三者概括起來稱之為體言。它的特點是：具有獨立的意思，可以單獨構成文節；沒有變化、活用；可以作主語。如映画《えいが》、テレビ、何《なに》、私《わたし》、あの方《かた》、どなた、三《みっ》つ、何月《なんがつ》等都是體言。

2 用言

動詞、形容詞、形容動詞三者概括起來稱之為用言。它的特點是：也具有獨立的意思，與接續在下面的助動詞、助詞等結合起來可以構成文節。有語尾變化，即有活用；多作為述語來用。如書《か》く、働《はたら》く、休《やす》む、美《うつく》しい、高《たか》い、立派《りっぱ》だ、有名《ゆうめい》だ等都屬於用言。

第三節 活用語、非活用語

它們是按單語有無語尾變化來進行分類，這樣單語可分為活用語與非活用語。

1 活用語

在日語裡，動詞、形容詞、形容動詞、助動詞等，在表示否定、中止、假定、命令、推量或與其他單語相連結時，它們的語尾會發生有規律的變化，這種變化就叫活用，而這些動詞、形容詞、形容動詞、助動詞等，便稱為活用語。這點和中文不同，是比較容易搞錯的，因此必須充分注意。如同樣的一個行《い》く（去），當表示「打算去」、「不去」、「如果去」，則會有不同的變化。例如：

○私《わたし》は日本《にほん》へ留学《りゅうがく》に行《い》こうと思《おも》います。

／我打算去日本留學。

○あなたが行《い》っても、私《わたし》は行《い》きません。

／即使你去我也不去。

○友達《ともだち》の中《なか》で日本《にほん》へ留学《りゅうがく》に行《い》く人《ひと》もいます。

／在朋友之中，也有人到日本留學。

○みんなが行《い》けば、私《わたし》も行《い》きます。

／如果大家要去，我也去。

在上述句子裡的行《い》く，同是去，但有時用行《い》こ（う）、行《い》っ（ても）、行《い》き（ません）、行《い》く、行《い》け（ば）這些不同的變化，則是活用。

形容詞、形容動詞、助動詞等也有不同的變化，即也有活用。例如：

○東京《とうきょう》は台北《タイペイ》より物価《ぶっか》が高《たか》いです。

／東京比台北物價高。

○二千円《にせんえん》ならそれほど高《たか》くありません。

／要是兩千日圓，不算貴。

○私《わたし》はそんな高《たか》いものを買《か》いません。

／我不買那麼貴的東西。

○高《たか》ければ買《か》わなくてもいいです。

／如果貴，也可以不買。

上述句子裡的高《たか》い都表示貴，但有時用高《たか》い（もの）、有時用高《たか》く（ありません）、高《たか》けれ（ば），這些不同的語尾變化也是活用。

形容動詞、助動詞也都是如此，語尾有變化。

2 非活用語

沒有語尾變化，也就是沒有活用的，則是非活用語，日語的名詞、代名詞、數詞等則是非活用語，副詞、連體詞、接續詞、感動詞，也都沒有活用，都是非活用語。它們和中文一樣，沒有變化，在任何時候，它們的語形都是不變的。這點和英語就不同。

第四節 自立語、附屬語

從單語是否可以獨立使用，有無獨立意義這個角度進行分類，可分為自立語跟附屬語。

1 自立語

它可以表達獨自的概念並有具體的意思，在句子可以單獨使用，也可以在下面接附屬語構成文節，當它們構成文節時，總是成為文節的中心。在前述的名詞、代名詞、數詞以及動詞、形容詞、形容動詞卻是自立語；連體詞、副詞、接續詞、感動詞也屬於自立語。例如：

○猫《ねこ》、犬《いぬ》、羊《ひつじ》などは古《ふる》くから人間《にんげん》と生活《せいかつ》を共《とも》にしてきた動物《どうぶつ》です。

／貓、狗、羊等自古以來，就是和人一起生活的動物。

○自動車《じどうしゃ》の音《おと》、トラックの音《おと》などいろいろ混《ま》じって聞《き》こえます。

／聽得見汽車聲、卡車聲參雜在一起的聲音。

上述句子中的猫《ねこ》、犬《いぬ》、羊《ひつじ》等都是單獨文節，其他古《ふる》く、人間《にんげん》、生活《せいかつ》、共《とも》、動物《どうぶつ》以及自動《じどう》車《しゃ》、トラック、音《おと》等都在下面接續了助詞等構成了各種文節，因此都是自立語，而来《く》る、混《ま》じる、聞《き》こえる等也在下面接用了助詞た、ます構成了文節，因此也是自立語。

②附屬語

它與自立語相反，沒有獨立的概念，無實質性內容，不能獨立使用，不能獨立構成文節，必須從屬於自立語，才能和它們共同構成一個文節。助詞、助動詞屬於這類附屬語。如上述第一個句子的と只有組成了人間《にんげん》と才能構成文節；上述第二個句子中的ます，只能接在聞《き》こえ才能構成文節，並且它們都不是文節的中心，因此と、ます都是附屬語。其他如など、は、から、を、に、た、です、の、て等也都是只能用在自立語下面才能構成文節，並且沒有獨立的概念，因此都是附屬語。

第五節　幾種單語分類的相互關係

從以上說明可以知道單語（品詞）從文法的性質上進行分類的可分為十二種，從單語有無獨立概念和實質性內容可分為自立語與附屬語；從單語本身有無活用可分為活用語與非活用語。它們之間的關係大致如下：

單語			
附屬語		自立語	
非活用語	活用語	非活用語	活用語
助詞	助動詞	名詞、代名詞、數詞——體言——可作主語 副詞——修飾用言 連體詞——修飾體言 接續詞——既不修飾用言 感動詞——也不修飾體言 副詞、連體詞、接續詞、感動詞——既不能作主語，也不能作術語	動詞、形容詞、形容動詞——用言——可單獨作述語

第三章 名詞、代名詞、數詞

第一節　名詞

1 什麼樣的詞是名詞

名詞是表示事物或概念名稱的詞，是自立語，非活用語，無詞型變化。是體言的一種，與格助詞結合起來，即在名詞下面加格助詞が、の、に、を等結合起來構成各種文節，充當句子裡的各種成分。例如：

○ペンで書《か》きます。
／用筆寫。

○新聞《しんぶん》を読《よ》みます。
／看報紙。

○雨《あめ》が降《ふ》りました。
／下雨了。
○これは先生《せんせい》の眼鏡《めがね》です。
／這是老師的眼鏡。

上述句子裡的綠字都是名詞，又分別充當補語（ペンで）、客語（新聞《しんぶん》を）、主語（雨《あめ》が）、連體修飾語（先生《せんせい》の）以及述語（眼鏡《めがね》です）。

2 名詞的種類

(1) 表示一般事物名稱的詞，稱作普遍名詞。

例如：犬《いぬ》、牛《うし》、桜《さくら》、畠《はたけ》、山《やま》、海《うみ》、先生《せんせい》、生徒《せいと》、ラジオ、テレビ、知識《ちしき》、社会《しゃかい》、知恵《ちえ》。

(2) 表示人名、地名或書名等名稱的詞，稱作固有名詞。

例如：伊藤博文《いとうひろぶみ》、富士山《ふじさん》、琵琶湖《びわこ》、東京《とうきょう》、京都《きょうと》、太平洋《たいへいよう》、北極《ほっきょく》、シベリア、アメリカ、万葉集《まんようしゅう》、源氏物語《げんじものがたり》。

3 形式名詞

也稱作體言，是一種沒有或很少有實質性內容的名詞。它在句子裡的存在，主要是出自語法上的需要。常用的形式名詞有の、こと、もの。

○私《わたし》は泳《およ》ぐことができません。
／我不會游泳。

○私《わたし》は嘘《うそ》を言《い》うことが嫌《きら》いです。
／我不喜歡說謊。

○父《ちち》は寝《ね》るのが遅《おそ》い。
／父親晚睡。

○いい音楽《おんがく》はいつ聞《い》いても楽《たの》しいものです。
／好的音樂，什麼時候聽都是好聽的。

○借《か》りたものは返《かえ》すものだ。
／借的東西要還。

另外，ため、ところ、うち、とおり、わけ、はず等有時作為一般名詞來用，有時也作為形式名詞來用，如下面句子的上述名詞就是形式名詞，沒有實質意義的。例如：

○病気《びょうき》のため学校《がっこう》を休《やす》みました。

／因為生病，沒去上學。

○見《み》たところはきれいですが、あまり丈夫《じょうぶ》ではありません。

／看起來很好看，但不太結實。

○二三日《にさんにち》のうちおたずねいたします。

／兩三天內，我會去拜訪您。

○教《おし》えたとおりにやってごらんなさい。

／按照我教你的作法做做看！

○今日《きょう》忙《いそが》しいので、遊《あそ》んでいるわけにはいきません。

／今天很忙，是不能玩的。

○汽車《きしゃ》は八時《はちじ》に出《で》るはずです。

／按規定火車八點開。

4 名詞的副詞用法

有些名詞，多是一些表示時間的名詞，可以作副詞用，來修飾下面的動詞或述語。例如：

○父《ちち》は昨日《きのう》東京《とうきょう》へ出張《しゅっちょう》しました。

／父親昨天出差到東京去了。

○明日《あした》の午後《ごご》、参《まい》ります。

／我明天下午會去。

○兄《あに》は月曜日《げつようび》休《やす》みます。

／哥哥星期一休息。

○朝《あさ》起《お》きると、庭《にわ》に出《で》て体操《たいそう》をします。

／早上起來，就到院子裡做體操。

上述句子裡綠字的地方本來都是名詞，但在這些句子裡都作副詞來用，起了副詞的作用。

第二節 代名詞

1 什麼樣的詞是代名詞

中文一般稱作代詞。也是體言的一種，是自立語、非活用語，沒有詞形的變化。它根據所代替的對象不同，可進一步分為人稱代名詞、事物代名詞、場所代名詞與方向代名詞等。它們可以代替已知的或在前面的文章裡出現的名詞、文節或句子。

2 幾種代名詞

根據所代替的名詞不同，分為下面幾種代名詞。

代名詞					
稱謂		人稱代名詞	事物代名詞	場所代名詞	方向代名詞
自稱		わたくし わたし ぼく／我	—	—	—
對稱		あなた きみ／你	—	—	—
他稱	近稱	このかた／這位	これ／這個	ここ／這裡	こちら こっち／這邊
	中稱	そのかた／那位	それ／那個	そこ／那裡	そちら そっち／那邊
	遠稱	あのかた／那位	あれ かれ／那個	あそこ／那裡	あちら あっち／昨天
	不定稱	どなた だれ／誰	どれ／哪個	どこ／哪裡	どちら どっち／哪邊

3 代名詞的用法

它們和名詞一樣，可以在下面後續格助詞が、の、に、を、と、で等，也可以後續です、だ等充當句子的各種成分。例如：

○①どなたが田中先生《たなかせんせい》でいらっしゃいますか。
／哪一位是田中老師？

○②私《わたし》の欲《ほ》しいのはこれです。
／我要的是這個。

○③その方《かた》にお聞《き》きになってください。
／請您問一問那一位！

○④ここにお名前《なまえ》をお書《か》きください。
／請把名字寫在這裡！

○⑤こちらへおいでください。
／請到這邊來！

上述句子綠字部分都是代名詞，第一句用了どなたが構成了主語；第二個句子用これです構成了述語，三、四、五句都構成了補語。

第三節 數詞

1 什麼樣的詞是數詞

中文稱作數量詞。也屬於體言，是表示事物的數量或順序的詞，也是自立語，非活用語，無詞形變化。例如：

①一《いち》、二《に》、三《さん》、十《じゃう》

②ひとつ、ふたつ、みっつ、よっつ、いつつ、むっつ、ななつ、やっつ、ここのつ、とお

③一日《ついたち》、二日《ふつか》、三日《みっか》、四日《よっか》、五日《いつか》

④一本《いっぽん》、二本《にほん》、三本《さんぼん》、四本《よんほん》、六本《ろっぽん》、八本《はっぽん》、十本《じっぽん》、何本《なんぼん》

⑤百円《ひゃくえん》、二百円《にひゃくえん》、三百円《さんびゃくえん》、千円《せんえん》、一万円《いちまんえん》

上述列舉的單語都是數詞。

2 數詞的分類

最常見的分類，有基數詞與序數詞。

(1) 基數詞

表示事物數量的詞，也稱為數量數詞。根據它們數的對象，還可以分為：

①**個數數詞**：ひとつ、ふたり、み組《くみ》、よ箱《はこ》、一個《いっこ》、二枚《にまい》、三本《さんぼん》、四匹《よんひき》等。

②**度數數詞**：一度《いちど》、二回《にかい》、三遍《さんべん》、よたび。

③**量數詞**：一日《いちにち》、三時間《さんじかん》、三《さん》メートル、四《よん》グラム。

(2) 序數詞

是與基數詞相對的稱呼，也稱作順序數詞，表示東西順序的詞。例如：

第一《だいいち》、第二《だいに》、三番《さんばん》、四番《よんばん》、一等《いっとう》、二等《にとう》、ひとつめ、二日目《ふつかめ》、三人目《さんにんめ》、六回目《ろっかいめ》等。

有的學者對上述一些數詞中的～組《くみ》、～箱《はこ》、～個《こ》、～枚《まい》、～本《ほん》、～匹《ひき》、第《だい》～、～番《ばん》、～

等《とう》、～目《め》等稱作助數詞，助數詞是接詞的一種。

③數詞的用法

數詞也屬於體言，和名詞一樣，可以後續が、の、に、を、で等格助詞，也可以下面接です、だ等構成句子的各種成分。例如：

○それを買《か》うのに五百円《ごひゃくえん》が必要《ひつよう》です。

／需花五百日圓買它。

○二《に》に三《さん》をたすと五《ご》になります。

／二加三等於五。

○五日《いつか》に出発《しゅっぱつ》するつもりです。

／打算五號出發。

○王《おう》さんと二人《ふたり》で行《い》きました。

／和小王兩個人去了。

○三人《さんにん》の子供《こども》が遊《あそ》んでいます。

／三個小孩子在玩。

上述句子裡綠字的地方都是數詞，它們分別構成了主語、補語、客語、修飾語等。

另外數詞和名詞不同的是：絕大多數的數詞都可以作副詞用：例如：

〇その本《ほん》を二回《にかい》読《よ》みました。

／那本書我看了兩遍。

〇子供《こども》が三人《さんにん》います。

／有三個小孩子。

〇りんごを五《いつ》つ買《か》いました。

／買了五顆蘋果。

〇父《ちち》から二千円《にせんえん》もらってこの辞書《じしょ》を買《か》いました。

／向父親要兩千日圓，買了這本辭典。

上述句子裡綠字的地方都是數詞，都作為副詞來用了。

第四章 動詞

第一節 什麼樣的詞是動詞

動詞是表示動作、存在的詞，少數動詞也可以表示狀態或持續狀態。

①表示動作、存在的動詞。例如：

書《か》く／寫　読《よ》む／唸　見《み》る／看

ある／有、在　いる／有、在

②表示狀態或持續狀態的動詞。例如：

痩《や》せる／瘦　太《ふと》る／胖　澄《す》む／澄清

聳《そび》える／高聳

動詞是用言的一種，是活用語，有語尾變化，由於後續單語的不同，要用不同的變化。這點和中文是不同的，我們學習日本語，很容易搞錯。

如読《よ》む這個動詞就要根據後續的詞，而有不同的變化，也可以說是有不同的活用。

よまない／不唸　　よませる／讓（某人）唸

よもう／唸吧　　よみます／唸

よんだ／唸了　　よむとき／唸的時候

よめば／如果唸　　よめ／給我唸！

這樣變化的動詞，**變化**的部分稱作**語尾**，**不變化**的部分稱作**語幹**。例如：

読《よ》む↓読《よ》｜む　（①ま ②み ③む ④む ⑤め ⑥も）
語幹　語尾

起《お》きる↓起《お》｜きる　（①き ②き ③きる ④きる ⑤きれ ⑥き）
語幹　語尾

食《た》べる↓食《た》｜べる　（①べ ②べ ③べる ④べる ⑤べれ ⑥べ）
語幹　語尾

語尾有六種變化，即有六種活用。

這六種活用的形態分別稱為①未然形②連用形③終止形④連體形⑤假定形⑥命令形，具體用法如下：

1 未然形

這一活用形後續助動詞ない、ぬ、せる、させる、れる、られる、う、よう等。以読《よ》む為例，分別要用読《よ》まない、読《よ》まぬ、読《よ》ませる、読《よ》まれる、読《よ》もう等。

2 連用形

這一活用形後續助動詞ます、たい、た、そうだ以及助詞たり、て、ても、ては、ながら等，另外還可以作為中止來用，暫時停頓一下。如読《よ》みます、読《よ》みたい、読《よ》んだ、読《よ》んで、読《よ》んだり、読《よ》みながら、本《ほん》を読《よ》み、字《じ》を書《か》く等。

3 終止形

這一活用形，是動詞的基本形態。也可以用它來結束句子。另外還可以後續接續助詞か

ら、と、が、けれども以及終助詞か、よ、ね、な等。如本《ほん》を読《よ》む、読《よ》むから、読《よ》むと、読《よ》むが，也可以用読《よ》むか、読《よ》むよ、読《よ》むね、読《よ》むな等。

4 連體形

正像這一名稱所表示的，下面連接體言，即連接名詞或形式名詞，如の、こと、もの等。並且也可以接助動詞ようだ接續助詞ので、のに，副助詞ばかり、ぐらい等。如読《よ》む時《とき》、読《よ》む人《ひと》、読《よ》むようだ、読《よ》むので、読《よ》むばかり（だ）等。

5 假定形

在下面接續詞ば，表示假定。如読《よ》めば。

6 命令形

用這一活用形結束句子，或在下面接ろ、よ，都表示命令。如読《よ》め、読《よ》めよ等。

上述動詞的六種變化、形態，稱為動詞的活用形。

雖然動詞有這六種活用形，但由於動詞形態的不同，六種活用的方式是不同的。歸納起來，有下面五種不同的活用：

①五段活用

②上一段活用

③下一段活用

④サ行變格活用

⑤カ行變格活用

下面就這幾個活用，分別加以說明。

第二節 五段活用動詞

① 五段活用動詞活用的特徵及其語尾變化

五段活用動詞的語尾分別落在五十音圖特定行的五個段上，因此稱為五段活用，接著這五段活用方式進行語尾變化的動詞叫五段活用動詞。這類活用的動詞占全部動詞總數的大部分。

五段活用動詞遍及五十音圖十行中的七行（即カ行、サ行、タ行、ナ行、マ行、ラ行、ワア行），另外兩個濁音行（即ガ行、バ行）共九行。其中ナ行只有一個動詞死《し》ぬ。

下面看一看五段活用動詞分佈在各行的活用情況。

五段活用動詞活用表

基本形	語幹／語尾	第一變化 未然形	第二變化 連用形	第三變化 終止形	第四變化 連體形	第五變化 假定形	第六變化 命令形
書《か》く	か	か① こ②	き	く	く	け	け
泳《およ》ぐ	およ	が① ご②	ぎ	ぐ	ぐ	げ	げ
話《はな》す	はな	さ① そ②	し	す	す	せ	せ
立《た》つ	た	た① と②	ち	つ	つ	て	て
死《し》ぬ	し	な① の②	に	ぬ	ぬ	ね	ね
飛《と》ぶ	と	ば① ぼ②	び	ぶ	ぶ	べ	べ
進《すす》む	すす	ま① も②	み	む	む	め	め

降《ふ》る	ふ	ら① ろ②	り	る	る	れ	れ
思《おも》う	おも	わ① お②	い	う	う	え	え
主要後續詞		①ない、せる、れる、ぬ ②う等	中止、ます、た、たり、て、ても、ながら等	結句、そうだ、らしい、だろう、から、と、まい等	体言、ので、のに等	ば	結句、ろ、よ

從上面的表裡可以知道：動詞活用形在五十音圖的一個行裡變化。如書《か》く的語尾則在か、き、く、く、け、け的カ行這一行裡變化。話《はな》す的語尾則按さ、し、す、す、せ、せ在サ行這一行變化，因此它們分別稱之為カ行五段活用動詞和サ行五段活用動詞。而思《おも》う之類的動詞按わ、い、う、う、え、え在ワ行和ア行兩行活用，因此稱為ワア行五段活用動詞。

2 五段活用動詞的用法：

★未然形

它有①②兩種形態：

①**在**ア段**假名**か、が、さ、た、な、ば、ま、ら、わ**下後續否定助動詞**ない、ぬ**或後續使役助動詞**せる、**受身助動詞**れる**等，如**行《い》かない、死《し》なない、降《ふ》らない、書《か》かせる、立《た》たせる、降《ふ》られる、立《た》たれる、思《おも》われる**等。例如：**

○私《わたし》は行《い》かない。

／我不去。

○彼《かれ》に行《い》かせました。

／讓他去了。

○先生《せんせい》に叱《しか》られました。

／被老師罵了。

○子犬《こいぬ》はまだ死《し》なぬ。

／小狗還沒有死。

②**在**オ段**假名**こ、ご、そ、と、の、ぼ、も、ろ、お**後續推量助動詞**う**構成**書《か》こう、話《はな》そう、降《ふ》ろう、思《おも》おう**等，表示**意志**或**推量。**實際上它本來是**ア段**上的假名，後續推量助動詞**う**，兩者結合起來，讀成**オ段**假名的長音，為了書寫和發音的統一，一般寫成了**オ段**假名。也就是：**

書《か》か＋う↓書《か》かう↓書《か》こう

話《はな》さ＋う↓話《はな》さう↓話《はな》そう

立《た》た＋う↓立《た》たう↓立《た》とう

降《ふ》ら＋う↓降《ふ》らう↓降《ふ》ろう

例如：

○はやく行《い》こう。

／快去吧！

○きれいに書《か》こう。

／寫得端正些吧！

○もう少《すこ》し進《すす》もう。

／再前進一些吧！

★連用形

所謂連用形即在下面連接用言的形態，具體地講接ます、たい、そうだ等；如書《か》きます、読《よ》みたい、降《ふ》りそうだ。也可以後續接續助詞ながら等，如読《よ》みながら；也可以表示中止。例如：

○李《り》さんが行《い》きます。

／小李會去。

○私《わたし》も行《い》きたいです。

／我也想去。

○雨《あめ》が降《ふ》りそうです。

／似乎要下雨。

○踊《おど》りながら歌《うた》を歌《うた》います。

／一面跳舞一面唱歌。

○朝起《あさお》きてから歯《は》を磨《みが》き、顔《かお》を洗います。

／早上起來之後刷牙、洗臉。

也可以後續助動詞た、接續助詞て、ても、ては、たり等，但後續這些詞，連用形的イ段上的假名き、ち、に、み、り、い等要發生變化，變化成為い、っ、ん，這種變化一般稱之為音便。關於音便下一節詳細說明。

★終止形

這一形態是動詞的基本形態。除了結束句子以外，還可以後續一些詞。例如：

○私《わたし》は毎日新聞《まいにちしんぶん》を読《よ》む。

／我每天看報。

○明日雨《あしたあめ》が降《ふ》るだろう。

／明天會下雨吧。

○明日雨《あしたあめ》が降《ふ》るそうだ。

／據說明天會下雨。

○春《はる》になると暖《あたた》かくなります。

／到了春天就暖和了。

○今行《いまい》くから、少《すこ》しお待《ま》ちください。

／我現在就去，（所以）請稍候！

○帰《かえ》るな。

／不要回去！

★連體形

正像這一活用名稱所表示的下面連接體言，即連接名詞或形式名詞如の、こと、もの或代名詞等，也可以接一些助動詞、助詞等。例如：

○小説《しょうせつ》を読《よ》む人《ひと》もいます。

／也有人看小說。

○王《おう》さんは走《はし》るのが速《はや》いです。

／小王跑得快。

○試験《しけん》があるので、遊《あそ》ぶことができません。

／因為有考試，不能玩。

○彼《かれ》は毎日小説《まいにちしょうせつ》を読《よ》むばかりです。

／他每天淨看小說。

★假定形

後續接續助詞ば，表示假定。例如：

○話《はな》せばわかります。

／講就會懂的。

○雨《あめ》が降《ふ》れば道《みち》が悪《わる》くなります。

／要是下雨路況就不好了。

★命令形

用來結束句子或後續終助詞ろ、よ，表示命令。

○前《まえ》へ進《すす》め！

／前進！

○はやく走《はし》れ。

／快跑！

○ゆっくり書《か》け。

／寫慢一點！

③五段活用動詞的音便

如前所述，五段活用動詞的連用形下面接助動詞た或接續助詞たり、て、ても、ては等時，這時動詞連用形的語尾き、ち、に、み、り、い等的發音要發生變化，及變化成為另外的音，這種美化稱為音便。根據變化的不同，音便有三種，即イ音便、促音便、撥音便。

(1)イ音便

カ行、ガ行活用連用形後續た、たり、て等時，語尾き、ぎ都變化成為い，如果是ガ行動詞時下面的た、て分別變成濁音だ、で。也就是：

書《か》きた、書《か》きたり、書《か》きて↓書《か》いた、書《か》いたり、書《か》いて

泳《およ》ぎた、泳《およ》ぎたり、泳《およ》ぎて↓泳《およ》いだ、泳《およ》いだり、泳《およ》いで

例如：

○午前中《ごぜんちゅう》に田中先生《たなかせんせい》に手紙《てがみ》を書《か》いた。

／上午給田中老師寫了封信。

○レポートを書《か》いてから先生《せんせい》に出《だ》した。
／寫了讀書報告交給了老師。
○答案《とうあん》は鉛筆《えんぴつ》で書《か》いたりしてはいけません。
／答案卷不能用鉛筆寫！
○この前《まえ》の夏休《なつやす》みには毎日《まいにち》プールへ行《い》って泳《およ》いだ。
／這個暑假我每天到游泳池游泳。
○王《おう》さんはよほど水泳《すいえい》が好《す》きで、よくプールへ行《い》って泳《およ》いだりします。
／小王非常喜歡游泳，經常到泳池游泳。
○みなまだ泳《およ》いでいます。
／大家還在游。

其他類動詞如吹《ふ》く、泣《な》く、蒔《ま》く、磨《みが》く、騒《さわ》ぐ等，後續た、たり、て時都要發生イ音便。

例如：

○風《かぜ》が吹《ふ》いて机《つくえ》の上《うえ》の紙《かみ》がとびました。
／颳起風把桌子上的紙吹跑了。

○テレビを見て泣《な》いています。

／看著電視在哭。

○騒《さわ》いではいけません。

／不要吵鬧！

但行《い》く這個動詞從語法來講，也應該是イ音便，但它例外，不說行《い》いた、行《い》いたり、行《い》いて，而要說成行《い》った、行《い》ったり、行《い》って等。例如：

○父《ちち》は昨日《きのう》東京《とうきょう》へ行《い》った。

／父親昨天到東京去了。

○彼《かれ》は部屋《へや》の中《なか》を行《い》ったり来《き》たりしています。

／他在房間裡走來走去。

(2) 促音便

タ行、ラ行、ワア行活用動詞連用形後續た、たり、て、ても、ては等時，這時連用形的假名ち、り、い都變化成促音っ。也就是：

立《た》ちた、立《た》ちたり、立《た》ちて↓立《た》った、立《た》ったり、立《た》って

降《ふ》りた、降《ふ》りたり、降《ふ》りて↓降《ふ》った、降《ふ》ったり、降《ふ》って

思《おも》いた、思《おも》いたり、思《おも》いて↓思《おも》った、思《おも》ったり、思《おも》って

例如：

○立《た》って答《こた》えなさい。

／站著回答！

○それは私《わたし》の思《おも》った通《とお》りです。

／那正如我想的一樣。

○このごろよく降《ふ》ったり晴《は》れたりします。

／最近老是這樣雨雨晴晴。

(3) 撥音便

ナ行、バ行、マ行活用連用形後續た、たり、て、ても、ては時，這時連用形的假名に、び、み都變化成撥音ん，而下面接續的た、たり、て、ても、ては等則分別變成濁音だ、だり、で、でも、では。也就是：

死《し》にた、死《し》にたり、死《し》にて↓死《し》んだ、死《し》んだり、死《し》んで

飛《と》びた、飛《と》びたり、飛《と》びて↓飛《と》んだ、飛《と》んだり、飛《と》んで

進《すす》みた、進《すす》みたり、進《すす》みて→進《すす》んだ、進《すす》んだり、進《すす》んで

例如：

○子犬《こいぬ》が死《し》んだ。

／小狗死了。

○飛行機《ひこうき》が東《ひがし》へ飛《と》んでいきました。

／飛機往東方飛去了。

○子供《こども》たちが飛《と》んだりは跳《は》ねたりして遊《あそ》んでいます。

／孩子們又蹦又跳在玩著。

4 特殊五段活用動詞

ラ行五段活用動詞（即以る作為語尾的五段活用動詞）中的いらっしゃる、おっしゃる、くださる、なさる四個詞，它們都是敬語動詞，雖都是五段活用動詞，但它們的語尾變化與前面已講過的五段活用動詞的變化稍有不同，本書將它們稱作特殊五段活用動詞。

特殊五段活用動詞活用表

基本形	語幹／語尾	第一變化 未然形	第二變化 連用形	第三變化 終止形	第四變化 連體形	第五變化 假定形	第六變化 命令形
いらっしゃる おっしゃる くださる なさる	いらっしゃ おっしゃ くださ なさ	ら① ろ②	り① い②	る	る	れ	い
主要後續詞		①ない ②う	①たい ②ます 及其他	和一般五段活用動詞相同			

用例：

★未然形

○田《た》中《なか》先生《せんせい》はいらっしゃらないですか。

／田中老師不來嗎？

○内山先生《うちやませんせい》が書《か》いてくださろう。

／內山老師會寫（給我們）吧！

最後一個句子從語法上是成立的，但在日常生活中，經常用下面的這種說法。

○内山先生《うちやませんせい》が書《か》いてくださるだろう。

／內山老師會寫（給我們）吧！

★連用形

○あなたもいらっしゃりたいのですか。

／您也想去嗎？

○先生《せんせい》はそうおっしゃいました。

／老師這麼講了。

○野村先生《のむらせんせい》が教《おし》えてくださいました。

／野村老師教給我們了。

這幾個特殊變化的動詞下面接た、たり、て或ても、ては時，從文法上講是接在連用形り下面，但這時的り，要發生音便，變化成為っ。即：

いらっしゃりた、いらっしゃりたり、いらっしゃりて

↓いらっしゃった、いらっしゃったり、いらっしゃって

おっしゃりた、おっしゃりたり、おっしゃりて

↓おっしゃった、おっしゃったり、おっしゃって

くださりた、くださりたり、くださりて

↓くださった、くださったり、くださって

なさりた、なさりたり、なさりて

↓なさった、なさったり、なさって

看一看它們的使用情況：

○どうなさったのですか。

／您怎麼了。

○ただいまおしゃったことはよくわかりました。

／您方才說的，我都懂了。

○校長先生《こうちょうせんせい》がいらっしゃって、いろいろお話《はな》しになりました。

／校長方才來了，講了好多事。

★終止形

○おじいさんは明日《あした》いらっしゃる。

／爺爺明天要來。

★連體形

○先生《せんせい》がいらっしゃる時《とき》に聞《き》いてください。

／老師來的時候，你問一問！

★假定形

○先生《せんせい》がいらっしゃればわかります。

／如果老師來了，就知道了。

★命令形

○はやくいらっしゃい。

／請快一點來。

○はやくしなさい。

／快做吧！

○それを私《わたし》にください。

／請把那東西給我！

第三節 下一段活用動詞

①下一段活用動詞的活用及用法

動詞語尾在五十音的エ段（即中心ウ段的下面一段）上變化的動詞稱為下一段活用動詞。

下一段活用動詞的語幹和語尾有的能截然分開，有的語幹和語尾則不能截然分開。例如：

教《おし》える→教《おし》｜える（兩者截然分開）
　　　　語幹　語尾

出《で》る→×｜でる（でる既是語幹也是語尾，兩者不分）
　　　　語尾

在五十音圖的每個ア行裡都有下一段活用動詞。

下一段動詞活用表

基本形	語幹／語尾	第一變化 未然形	第二變化 連用形	第三變化 終止形	第四變化 連體形	第五變化 假定形	第六變化 命令形
得《え》る 燃《も》える	× も	え	え	える	える	えれ	えろ よ
出《で》掛《か》ける	でか	け	け	ける	ける	けれ	けろ よ
投《な》げる	な	げ	げ	げる	げる	げれ	げろ よ
寄《よ》せる	よ	せ	せ	せる	せる	せれ	せろ よ
混《ま》ぜる	ま	ぜ	ぜ	ぜる	ぜる	ぜれ	ぜろ よ
建《た》てる	た	て	て	てる	てる	てれ	てろ よ
出《で》る	×	で	で	でる	でる	でれ	でろ よ

寝《ね》る・訪《たず》ねる	経《へ》る	食《た》べる	攻《せ》める	流《なが》れる	主要後續詞
×・たず	×	た	せ	なが	
ね	へ	べ	め	れ	ない、させる、られる、よう、まい
ね	へ	べ	め	れ	ます、た、そうだ、たり、て、ても、ては、ながら
ねる	へる	べる	める	れる	結句、そうだ、らしい、から、が、し、と等
ねる	へる	べる	める	れる	体言、ので、のに等
ねれ	へれ	べれ	めれ	れれ	ば
ねろ よ	へろ よ	べろ よ	めろ よ	れろ よ	／

上述活用表裡的得《え》る、出《で》る、寝《ね》る、経《へ》る，四個動詞的活用，語幹、語尾不能截然分開，在活用時，える、でる、ねる、へる全部變化。用例：

★未然形

○まだ寝《ね》ないの。

／還不睡嗎。

○彼《かれ》は刺身《さしみ》を食《た》べない。

／他不吃生魚片。

○はやく出掛《でか》けよう。

／快出發吧！

★連用形

○十時《じゅうじ》に寝《ね》ます。

／十點睡覺。

○私《わたし》は刺身《さしみ》を食《た》べた。

／我吃了生魚片。

○日本《にほん》を経《へ》てアメリカへ行《い》きました。
／經由日本到美國去了。

★終止形

○十時《じゅうじ》に寝《ね》る。
／十點睡覺。

○君《きみ》は刺身《さしみ》を食《た》べるか。
／你吃生魚片嗎？

○はやく寝《ね》ると、はやく起《お》きられる。
／早睡就能早起。

★連體形

○十一時《じゅういちじ》に寝《ね》る人《ひと》もいます。
／也有人十一點睡覺。

○七時《しちじ》に家《いえ》を出《で》る時《とき》もあります。
／有時七點從家裡出發。

★假定形

○はやく寝《ね》ればはやく起《お》きられます。

／（如果）早睡就能夠早起。

★命令形

○はやく寝《ね》ろ。

／早點睡！

2可能動詞

表示可能、能夠的動詞，稱作可能動詞，它一般是下一段動詞。本來它是在五段活用動詞下面接上了可能助動詞れる，兩者結合以後約音而成的。例如：

書《か》く↓書《か》かれる↓書《か》ける／能寫。

話《はな》す↓話《はな》される↓話《はな》せる／能說。

読《よ》む↓読《よ》まれる↓読《よ》める／能讀。

帰《かえ》る↓帰《かえ》られる↓帰《かえ》れる／能回去。

上述書《か》ける、話《はな》せる、読《よ》める、帰《かえ》れる都是可能動詞，形成了下一段活用動詞，表示可能、能夠。例如：

○今日《きょう》は帰《かえ》れない。

／今天回不去。

○明日《あした》帰《かえ》れます。

／明天能夠回去。

○彼《かれ》は日本語《にほんご》の新聞《しんぶん》が読《よ》める。

／他能夠看日語報紙。

○日本語《にほんご》の新聞《しんぶん》の読《よ》める人《ひと》もいます。

／也有人能看日語報紙。

○日本語《にほんご》が話《はな》せればいいですね。

／如果會講日語多好啊。

命令形一般不用。

第四節 上一段活用動詞

動詞的活用語尾在五十音圖的イ段（即中心段ウ段的上面一段）上變化的動詞，叫作上一段活用動詞。上一段活用動詞的語幹、語尾有的可截然分開，有的則不能截然分開。例如：

起《お》きる↓起《お》｜きる（可截然分開）
語幹　語尾

居《い》る↓×居《い》る（不能截然分開）
語尾

下面看一看上一段動詞的活用情況。

上一段活用動詞活用表

基本形	語幹／語尾	第一變化 未然形	第二變化 連用形	第三變化 終止形	第四變化 連體形	第五變化 假定形	第六變化 命令形
居《い》る	×	い	い	いる	いる	いれ	いろ よ
起《お》きる	お	き	き	きる	きる	きれ	きろ よ
過《す》ぎる	す	ぎ	ぎ	ぎる	ぎる	ぎれ	ぎろ よ
恥《は》じる	は	じ	じ	じる	じる	じれ	じろ よ
落《お》ちる	お	ち	ち	ちる	ちる	ちれ	ちろ よ
煮《に》る	×	に	に	にる	にる	にれ	にろ よ
干《ひ》る	×	ひ	ひ	ひる	ひる	ひれ	ひろ よ

浴《あ》びる	あ	び	び	びる	びる	びれ	びろ　よ
見《み》る	×	み	み	みる	みる	みれ	みろ　よ
下《お》りる	お	り	り	りる	りる	りれ	りろ　よ
主要後續詞	ない、させる、られる、よう、まい	ます、た、そうだ、たり、て、ても、ては、ながら等	結句、そうだ、らしい、から、が、し、と等	体言、ので、のに、ばかり、ぐらい等	ば	／

上述表裡的動詞居《い》る、煮《に》る、干《ひ》る、見《み》る它們的語幹、語尾不能截然分開，既作語幹也作為語尾來活用。

用例：

★未然形

○教室《きょうしつ》には誰《だれ》もいない。

／教室裡沒半個人。

○はやく起《お》きよう。

／早點起來吧！

★連用形

○先生《せんせい》は教室《きょうしつ》にいます。

／老師在教室裡。

○李《り》さんはもう起《お》きた。

／小李已經起來了。

○起《お》きてからすぐ外《そと》に出《で》ました。

／起來以後立刻出去了。

★終止形

○李君《りくん》は寝室《しんしつ》にいる。

／小李在寢室。

○私《わたし》は毎日《まいにち》六時《ろくじ》に起《お》きる。

／我每天六點起床。

★連體形

○五時《ごじ》に起《お》きる人《ひと》もいます。

／也有人五點起床。

★假定形

○六時《ろくじ》に起《お》きれば間《ま》に合《あ》います。

／如果六點起來就來得及。

★命令形

○今《いま》に見《み》てろ。

／走著瞧吧！

第五節 カ行變格活用動詞

簡稱カ變動詞，在日語有来《く》る這一個動詞。由於来《く》る是カ行動詞，而語尾變化並不規則，因此稱作カ行變格活用動詞。它的語幹、語尾不能截然分開。

上一段活用動詞活用表

基本形	語幹／語尾	第一變化 未然形	第二變化 連用形	第三變化 終止形	第四變化 連體形	第五變化 假定形	第六變化 命令形
来《く》る	×	こ	き	くる	くる	くれ	こい

主要後續詞
ない、させる、られる、よう、まい
ます、そうだ、た、たり、て、ても、ては、ながら等
結句、そうだ、らしい、から、が、し、と等
体言、ので、のに、ばかり、ぐらい等
ば
／

用例：

★未然形

○李《り》さんは来《こ》ないかもしれない。

／小李可能不會來。

○明日《あした》来《こ》よう。

／明天來吧！

★連用形

○明日《あした》来《き》ます。

／明天來。

○李《り》さんがもう来《き》た。
／小李已經來了。

★終止形

○王《おう》さんはすぐ来《く》るでしょう。
／小王立刻就會來的。
○先生《せんせい》は、来《く》るとすぐ講義《こうぎ》をはじめました。
／老師一來就開始講課了。

★連體形

○来《く》る時《とき》はその本《ほん》を持《も》って来《き》てください。
／來的時候，請把那本書帶來！

★假定形

○彼《かれ》が来《く》ればわかります。
／他來就知道了。

★命令形

○はやく来《こ》い。
／快來！

第六節　サ行變格活用動詞

1 サ行變格活用動詞的特點及活用

簡稱サ變動詞，在日語裡只有一個動詞する，屬於サ變動詞。由於它是サ行動詞，並且語尾變化不規律，因此稱作サ行變格活用動詞。它的語幹、語尾不能截然分開。

上一段活用動詞活用表

基本形	語幹／語尾	第一變化 未然形	第二變化 連用形	第三變化 終止形	第四變化 連體形	第五變化 假定形	第六變化 命令形
する	×	し① せ②	し	する	する	すれ	しろ せよ

主要後續詞	①ない ①よう ②ぬ	ます、そうだ、た、たり、て、ても、ては、ながら等	結句、そうだ、らしい、から、が、し、と等	体言、ので、のに、ばかり、ぐらい等	ば	／

用例：

★未然形

○彼《かれ》はしない。／他不做。

○はやくしよう。／快幹吧！

○私《わたし》はせぬ。／我不做。

★連用形

○はやくしましょう。

／快做吧！

○はやくしても今日《きょう》のうちにはできません。

／就算趕，今天也做不完。

★終止形

○明日《あした》する。

／明天做。

○そんなことをするな。

／不要做那種事。

★連體形

○いいことをする人《ひと》が大勢《おおぜい》います。

／有許多做好事的人。

★假定形

○よいことをすれば親《おや》は喜《よろこ》びます。

／只要做了好事，父母親就高興。

★命令形

○はやくしろ（せよ）。

／快做！

2 サ行變格活用動詞

本來屬於サ行變格活用的動詞只有一個動詞する，但它可以接在具有動詞意義的名詞下面構成一個サ行變格活用的複合動詞，表示所接的動詞的意思。例如：

研究《けんきゅう》する／研究　翻訳《ほんやく》する／翻譯

解釈《かいしゃく》する／解釋　注意《ちゅうい》する／注意

心配《しんぱい》する／擔心　我慢《がまん》する／忍耐

怪我《けが》する／受傷　辛抱《しんぼう》する／忍耐

関《かん》する／關於　　対《たい》する／對於

属《ぞく》する／屬於　　略《りゃく》する／省略

由ずる構成的複合動詞也屬於サ行變格活用複合動詞。例如：

感《かん》ずる／感到　　信《しん》ずる／相信

生《しょう》ずる／產生、發生　　命《めい》ずる／命令

上述サ行變格複合動詞都接する的活用來活用。例如：

○于《う》先生《せんせい》は日本《にほん》の和歌《わか》を研究《けんきゅう》しています。

／于老師在研究日本的和歌。

○私《わたし》は源氏物語《げんじものがたり》を中国語《ちゅうごくご》に翻訳《ほんやく》したいと思《おも》います。

／我想將源氏物語譯成中文。

○注意《ちゅうい》すれば怪我《けが》することはありません。

／注意的話就不會受傷。

第七節 複合動詞

在前節已經提到サ行活用複合動詞，而複合動詞也稱為合成動詞，由兩個或兩個以上的單語結合起來構成的動詞。它們的構成情況有下列幾種：

1 名詞＋動詞

在名詞下面直接接動詞或接動詞性語尾。例如：

目《め》がける／瞄準　　名《な》づける／命名

汗《あせ》ばむ／出汗　　大人《おとな》ぶる／裝大人

上述例句中的ばむ、ぶる都是動詞性接尾語，只能接在單語下面來用，不能單獨作動詞用。

②形容詞＋動詞

一般在形容詞的語幹下面接動詞或接動詞性接尾語。例如：

近《ちか》寄《よ》る／走近　　面白《おもしろ》がる／感覺有趣

古《ふる》ぼける／顯得破舊

上述例詞中的がる是動詞性接尾語。

③動詞＋動詞

一般在前一個動詞的連用形下面接後一個動詞或接動詞性接尾語。這種形式的複合動詞在複合動詞（合成動詞）中占大多數。例如：

読《よ》み出《だ》す／開始唸　　仕《し》上《あ》げる／做完

し終《お》わる／做完　　書《か》き始《はじ》める／開始寫

歩《ある》き回《まわ》る／到處走　　進《すす》み寄《よ》る／走近

持《も》ち運《はこ》ぶ／搬運　　たどりつく／找到

出迎《でむか》える／迎接　　助《たす》け合《あ》う／互相幫助

降《ふ》り続《つづ》く／繼續下（雨、雪）　　読《よ》み続《つづ》ける／繼續唸

另外還有一些其他的複合形式，但卻不常用，不再舉例說明。

上述構成的複合動詞，它們的活用方法按後位的動詞為準，也就是後位動詞是五段活用動詞，整個複合動詞則是五段動詞；後位動詞是下一段活用動詞，整個動詞則是下一段活用動詞。例如：

降《ふ》り続《つづ》く（五段動詞）

読《よ》み続《つづ》ける（下一段動詞）

○雨《あめ》が五日間《いつかかん》も降《ふ》り続《つづ》いた。

／雨接連下了五天。

○小説《しょうせつ》を四時間《よじかん》読《よ》み続《つづ》けた。

／接連看了四個小時的小說。

第八節　補助動詞

1 什麼樣的詞是補助動詞

補助動詞是和獨立動詞相對而言的動詞。有些動詞在句子中失去它原來的意思和獨立性，而是起一種補助作用，這樣的詞則是補助動詞。也就是有些詞本來是獨立動詞，有它自己獨立的意思，但它用到另一種場所時，則失去了獨立的意思，只起一個補助作用，成了補助動詞。

例如：

○先生《せんせい》は教室《きょうしつ》にいる。

／老師在教室裡。

○先生《せんせい》は講義《こうぎ》をしている。

／老師在講課。

○その雑誌《ざっし》をください。

／把那本雜誌給我。

○お入《はい》りください。

／請進！

上述句子裡的教室《きょうしつ》にいる中的いる有自己的意思，並且獨立地做句子的述語，因此是獨立動詞；而講義《こうぎ》をしている中的いる是接在て下面，補助上面動詞し的，沒有獨立意思，因此是補助動詞。而後兩句的ください也是如此，前一句的ください是獨立動詞；而後一句的お入《はい》りください的ください是補充前面入《はい》る的意思，因此是補助動詞。

2 補助動詞的種類

從它們接續關係即所接的單語來看，有下面幾種：

(1) 接在接續助詞「て」下面的動詞，這類補助動詞較多。

常用的有いる、ある、くる、いく、みる、みせる、くれる、やる、もらう、おく等，它們分別可以接在て下面，構成「～ている」、「～てある」、「～てくる」、「～ていく」、

「～てみる」、「～てみせる」、「～てくれる」、「～てやる」、「～てもらう」、「～ておく」等，它們獨立使用時是獨立動詞，接在て下面時來用則是補助動詞。例如：

○兄《あに》は手紙《てがみ》を書《か》いています。

／哥哥在寫信。

○部屋《へや》には電灯《でんとう》がつけてあります。

／房間裡點著燈。

○先生《せんせい》が歩《ある》いてきました。

／老師走過來了！

○みんなが走《はし》っていきました。

／大家跑出去了。

○読《よ》んでみなさい。

／唸唸看！

○絵《え》をかいてみせましょう。

／我畫張畫給你看。

○兄《あに》が辞書《じしょ》を買《か》ってくれました。
／哥哥為我買了字典。
○兄《あに》が教《おし》えてくれました。
／哥哥告訴了我。
○欲《ほ》しいなら買《か》ってあげましょう。
／你要的話我買給你。
○弟《おとうと》に絵本《えほん》を買《か》ってやりました。
／我給弟弟買了本畫冊。
○田中先生《たなかせんせい》に解釈《かいしゃく》してもらいましょう。
／請田中老師講解一下吧！
○電灯《でんとう》は消《け》さないで朝《あさ》までつけておきましょう。
／電燈不要關，一直開到早上吧！

此外還有許多這類用「～て」動詞形式的補助動詞。由於篇幅所限，則不再舉例說明。

(2)接在動詞連用形下面的動詞

這類動詞還有兩種不同情況：

①複合動詞**中的**後位動詞，**這種動詞也是**補助動詞。**例如：**

飛《と》び出《だ》す／跳出、飛出　　読《よ》み始《はじ》める／開始唸

食《た》べかける／剛吃　　書《か》き続《つづ》ける／接連著寫

読《よ》み切《き》る／唸完　　言《い》い過《す》ぎる／說得過分

上述例句中的後位動詞都是補助動詞。看一看他們的用法：

○夕飯《ゆうはん》を食《た》べかけた時《とき》、人《ひと》が来《き》ました。

／剛吃晚飯就有人來了。

○人々《ひとびと》が表《おもて》へ飛《と》び出《だ》しました。

／人們跑到外面來了。

○勉強《べんきょう》をしすぎて体《からだ》を壊《こわ》しました。

／用功過度把身體搞壞了。

②**接在**動詞連用形**下面，表示**尊敬的動詞，**如**なさる、くださる、いたす、申《もう》す**等也是**補助動詞。**例如：**

○お立《た》ちなさい。

／請站起來！

○おかけください。

／請坐！

○カバンをお持《も》ちいたしましょう。

／我幫您拿皮包吧！

○後《あと》からお届《とど》け申《もう》します。

／隨後送去。

上述句子的綠字都是補助動詞。

(3)接在助動詞「で」下面或接在形容詞連用形下面的「ある」、「ござる」等都屬於補助動詞。例如：

○私《わたし》は学生《がくせい》である。

／我是學生。

○それは国会議事堂《こっかいぎじどう》でございます。

／那是國會大廈。

○あまり忙《いそが》しくございません。

／不太忙。

上述句子裡的ある、ござる都是補助動詞。

第九節 自動詞、他動詞

動詞從需不需要客語（即動作的對象）這一角度來畫分，可分為自動詞與他動詞。

1 自動詞

不需要客語（即動作的對象）就可以表達一個完整意思的詞，稱作自動詞。例如：

○李《り》さんは立《た》っています。
／小李正站著。

○先生《せんせい》はこしかけています。
／老師正坐著。

○花《はな》が咲《さ》きました。
／花開了。

○草《くさ》が枯《か》れました。

／草枯了。

上述句子裡綠字的動詞，它們都不需要客語，即可以表達完整的意思，因此它們是自動詞。如立《た》つ、こしかける本身就是具有完整的意思時，完全不需要什麼動作對象。

2 他動詞

需有客語（及動作對象）才能表達一個完整意思的動詞，稱作他動詞。

○兄《あに》は手紙《てがみ》を書《か》いています。

／哥哥在寫信。

○于先生《うせんせい》は文法《ぶんぽお》を教《おし》えます。

／于老師教文法。

○私《わたし》たちは木《き》を植《う》えました。

／我們種了樹。

○この二《ふた》つ単語《たんご》を比《くら》べてみなさい。

／請比較一下這兩個單詞。

上述句子裡的綠字都是他動詞，都需要客語才能完整表達，如講到寫，人們就要問寫什麼，因此需要說寫信（手紙《てがみ》を書《か》く）或寫字（字《じ》を書《か》く），這樣意思才算完整，因此書《か》く是他動詞。

一般說一個動詞是自動詞時只能作自動詞，是他動詞時只能作他動詞用，但有時一個動詞既可以作自動詞用，也可以作他動詞用。例如：

○よく勉強《べんきょう》する。（自）
／好好學習。

○日本語《にほんご》を勉強《べんきょう》する。（他）
／學日文。

○彼《かれ》はよく笑《わら》う。（自）
／他愛笑。

○他《ほか》の人《ひと》を笑《わら》う。（他）
／笑話旁人。

○風《かぜ》が吹《ふ》く。（自）
／颳風。

○ハーモニカを吹《ふ》く。（他）

／吹口琴。

○戸《と》が開《ひら》いた。（自）

／門開了。

○戸《と》を開《ひら》いた。（他）

／打開了門。

3 自他動詞的對應

在日語裡有許多動詞是相互對應的，只是兩者的活用不同，了解它們的對應，對我們掌握動詞是有幫助的。下面是常見的自他對應的動詞：

自動詞／他動詞

焼《や》ける／焼《や》く

増《ふ》える／増《ま》す

見《み》える／見《み》る

聞《きこ》える／聞《き》く

自動詞／他動詞

出《で》る／出《だ》す

付《つ》く／付《つ》ける

当《あた》る／当《あ》てる

立《た》つ／立《た》てる

あがる／あげる　下《さ》がる／下《さ》げる

うかぶ／うかべる　代《か》わる／代《か》える

掌握了自他動詞的關係後，使用時就方便多了。例如：

○テレビを見《み》る。（他）

／看電視。

○富士山《ふじさん》が見《み》える。（自）

／看見富士山。

○本《ほん》を出《だ》す。（他）

／拿出書。

○月《つき》が出《で》た。（自）

／月亮出來了。

○旗《はた》を立《た》てる。（他）

／把旗子豎起來。

○木《き》が立《た》っている。（自）

／樹在長（立）著。

第五章
形容詞、形容動詞

第一節 形容詞

1 什麼樣的詞是形容詞

以い、（し）い作語尾，用來表示事物的性質、狀態的詞，稱作形容詞。例如：

○学生《がくせい》が多《おお》い。
／學生多。

○このごろ忙《いそが》しい。
／最近忙。

○それは明《あか》るい部屋《へや》です。
／那是間明亮的房間。

○景色《けしき》の美《うつく》しいところです。

／是一個風景優美的地方。

上述句子裡的綠字都是以い（しい）作語尾，並且都是表示狀態的詞，因此都是形容詞。

2 形容詞的活用及用法

形容詞和動詞一樣也屬於用言並且也有活用。活用時，有變化部分和不變化部分。不變化部分稱作語幹，變化部分稱作語尾。例如：

多《おお》い→多《おお》｜い（く、く、い、い、けれ）
語幹　語尾

高《たか》い→高《たか》｜い（く、く、い、い、けれ）
語幹　語尾

忙《いそが》しい→忙《いそが》し｜い（く、く、い、い、けれ）
語幹　語尾

美《うつく》しい→美《うつく》し｜い（く、く、い、い、けれ）
語幹　語尾

它的活用和動詞稍有不同，只有前面五個活用，即未然形、連用形、終止形、連體形、假定形，而沒有命令形。

形容詞活用表

基本形	語幹／語尾	第一變化 未然形	第二變化 連用形	第三變化 終止形	第四變化 連體形	第五變化 假定形
多《おお》い	おお	から① かろ②	く① かっ②	い	い	けれ
忙《いそが》しい	いそが					
主要後續詞		①ず ②う	①中止、連用、ない、て ②たり、た	結句、だろう、らしい、そうだ、から、か等	体言、ので、のに	ば

用例：

★未然形

から接後續詞ず表示否定；かろ接後續詞う，表示推量。

○今年《ことし》の収穫量《しゅうかくりょう》は多《おお》かろう。

／今年的產量應該很多吧！

○暑《あつ》からず、寒《さむ》からず、ちょうどいい季節《きせつ》です。

／不冷也不熱，正是好季節。

★連用形

它和動詞不同，在連用形下面接ない表示否定，另外也表示中止或作副詞、補語來用。例如：

○単語《たんご》が多《おお》くなりました。（副詞）

／單字多起來了。

○単語《たんご》も多《おお》く、文法《ぶんぽう》も難《むずか》しいです。（中止）

／單字也多，文法也難。

○みんなよく勉強《べんきょう》します。（副詞）

／大家都努力學習。

○この文章《ぶんしょう》には難《むずか》しい単語《たんご》が多《おお》くない。（否定）

／這篇文章裡難詞不多。

值得注意的是：接在動詞下面的ない與接在形容詞下面的ない，雖然同是ない，表示否定，但詞性不同，接續關係不同。接在動詞下面的ない是助動詞，它接在動詞未然形下面，如読《よ》まない、書《か》かない、勉強《べんきょう》しない，而形容詞下面的ない是形容詞，接在形容詞連用形下面，如寒《さむ》くない、暑《あつ》くない、忙《いそが》しくない、難《むずか》しくない等。另外獨立使用的ない也是形容詞，例如：

○万年筆《まんねんぴつ》はないですか。

／沒有鋼筆嗎？

★終止形

用於結束句子或下面接だろう或接が、けれども、から、と等。

○東京《とうきょう》は人口《じんこう》が多《おお》い。

／東京人口多。

○車《くるま》が多《おお》いから気《き》をつけなさい。
／車子多，（所以）要注意啊！
○難《むずか》しい単語《たんご》が多《おお》いだろう。
／難詞多吧。

★連體形
下接體言或助詞ので、のに等。
○寒《さむ》い日《ひ》には出掛《でか》けないでください。
／天氣冷請不要外出了！
○難《むずか》しい単語《たんご》が多《おお》いので、読《よ》めません。
／難詞太多，讀不來。

★假定形
與動詞相同，在下面接ば，表示假定。
○寒《さむ》ければオーバーを着《き》なさい。
／如果冷就穿上大衣！

○忙《いそが》しければ来《こ》なくてもいいです。

／如果忙的話不來也可以。

★形容詞沒有命令形

3 形容詞的音便

形容詞的語尾同動詞一樣有時也會發生音便，在形容詞連用形く下面接ございます時，く變成う，即～くございます變成～うございます。例如：

寒《さむ》くございます↓寒《さむ》うございます

暑《あつ》くございます↓暑《あつ》うございます

ありがたくございます↓ありがとうございます

よろしくございます↓よろしゅうございます

第二節 形容動詞

1 什麼樣的詞是形容動詞

它和形容詞一樣是表示事物的性質狀態的詞，但與形容詞不同的是：形容詞是以い作為基本形的語尾，而形容動詞則是以だ（敬體用です）作為基本形的語尾，同時語尾的活用也是不同的。例如：

○あたりは静《しず》かだ。

／附近很安靜。

○交通《こうつう》は不便《ふべん》だ。

／交通不方便。

○李《り》さんは卓球《たっきゅう》が上手《じょうず》です。

／小李乒乓球打得好。

○水泳《すいえい》が下手《へた》です。
／游泳游得不好。

上述句子裡綠字的詞都是以だ或です作語尾的，並且都是表示狀態的詞，因此它們都是形容動詞。

2 形容動詞的活用及用法

形容動詞和形容詞一樣也是用言的一種，有活用。活用時有不變化的部分，也有變化的部分。前者稱為語幹，後者稱為語尾。例如：

静《しず》かだ↓静《しず》か｜だ（です）
語幹｜語尾

不便《ふべん》だ↓不便《ふべん》｜だ（です）
語幹｜語尾

上手《じょうず》だ↓上手《じょうず》｜だ（です）
語幹｜語尾

下手《へた》だ↓下手《へた》（語幹）　だ（です）（語尾）

語尾的活用與形容詞一樣，也只有未然形、連用形、終止形、連體形、假定形，而沒有命令形。

形容動詞活用表

基本形	語幹／語尾	第一變化 未然形	第二變化 連用形	第三變化 終止形	第四變化 連體形	第五變化 假定形
静《しず》かだ	しずか	だろ	だっ① で② に③	だ①②	な	なら
静《しず》かです	しずか	でしょ	でし①	です②	×	×
主要後續詞		う	①た ②中止、ない ③副詞用法	①結句、から、と、し、か ②だろう、そうだ等	体言、ので、のに	（ば）

用例：

★未然形

後續う表示推量。

○そちらはなかなか静《しず》かだろう。

／那裡很安靜吧。

○そちらはなかなか静《しず》かでしょう。

／那裡很安靜吧。

★連用形

○二三年前《にさんねんまえ》はあちらはなかなか静《しず》かだった（でした）。

／兩三年前，那裡很安靜。

○静《しず》かでいいところだ（です）。

／是一個很安靜的好地方。

○こちらはそんなに静《しず》かで（は）ない（ありません）。

／這裡不那麼靜。

○みんな静《しず》かに勉強《べんきょう》している。

／大家都安靜地在用功。

★終止形

○あちらはとても静《しず》かだ（です）。

／那裡很安靜。

○あちらはとても静《しず》かだそうだ（そうです）。

／聽說那裡很安靜。

○静《しず》かだ（です）から休養《きゅうよう》するのにいいところだ（です）。

／因為很安靜，所以是療養的好地方。

○場所《ばしょ》も静《しず》かだし、交通《こうつう》も便利《べんり》だ（です）。

／地方既安靜，交通也方便。

★連體形

○あそこは静《しず》かなところだ。

／那是個安靜的地方。

○静《しず》かなので休養《きゅうよう》するのにいいところだ。

／因為很安靜，是療養的好地方。

★假定形

○静《しず》かならいい。

／靜就好。

★形容動詞沒有命令形

3 特殊形容動詞

所謂的特殊形容動詞是一種不完全活用的形容動詞。它們的未然形、連用形、終止形與一般形容動詞相同，但卻沒有連體形，要用它們的特殊形態來接續，而有的詞用假定形，有的詞不用。

こんなだ、そんなだ、あんなだ、どんなだ就屬於這類形容動詞，它們用語幹こんな、そんな、あんな、どんな直接接體言。同じだ也屬於這一類形容動詞，用同じ直接接體言作連體修飾語。或用な接ので、のに。

特殊形容動詞活用表

用例：

基本形	語幹／語尾	第一變化 未然形	第二變化 連用形	第三變化 終止形	第四變化 連體形	第五變化 假定形
こんなだ	こんな	だろ	だ① で② に③	だ	こんな	なら
こんなです	こんな	でしょう	でし①	です	×	×
同《おな》じだ	おなじ	だろ	だ① で② に③	だ	おなじ① な②	なら
同《おな》じだです	おなじ	でしょ	でし①	です	×	×
主要後續詞		う	①た ②ない ③連用	結句、から、か、と、し等	①体言 ②ので ③のに	／

★未然形

こんなだろう、そんなだろう等使用機會較少。

○AとBとは同《おな》じだろう（でしょう）。

／A和B是一樣的吧。

★連用形

こんなだった、そんなだた等使用機會也較少。

○四五年前《しごねんまえ》、このあたりは田舎《いなか》と同じだった（でした）。

／四五年前，這裡和鄉下一樣。

○やりかたが悪《わる》かったので、こんなになったのです。

／作法拙劣，所以變成這樣。

○両者《りょうしゃ》の結果《けっか》は同《おな》じになった。

／兩者結果相同。

★終止形

そんなだ、あんなだ等不常用。
○名前《なまえ》は同《おな》じだが、違《ちが》う人《ひと》だった。
／名字相同，但不是同一個人。

★連體形

○そんなことを言《い》うものではない。
／不要說那種話。
○あんなまじめな人《ひと》はあまりいません。
／那麼認真的人不大多。
○太郎《たろう》さんはどんな学校《がっこう》に通《かよ》っていますか。
／太郎上什麼樣的學校？
○太郎《たろう》さんは私《わたし》と同《おな》じ学校《がっこう》に通《かよ》っています。
／太郎和我上同一所學校。
○私《わたし》はあなたと同《おな》じ意見《いけん》です。
／我和你意見一樣。
○クラスも同《おな》じなので、よく知《し》っています。

／因為是同班，所以很清楚。

從上面的例句中可以知道：同《おな》じ連體形有二：一是連接體言時直接用同《おな》じ，如「同《おな》じ学校」、「同《おな》じクラス」；二是下面接ので、のに時，則用「同《おな》じなので」、「同《おな》じなのに」。

★假定形

○同《おな》じなら、やはり大《おお》きい方《ほう》がいい。

／如果相同的話，還是大點好。

另外同《おな》じ還可以作副詞用，一般用「同《おな》じ～なら」慣用型，表示「同是……還是……」、「既然……就」。

○同《おな》じ行《い》くなら、やはり早《はや》く行《い》ったほうがいい。

／既然要去了，還是早點去比較好。

第三節 兩種不同活用的形容詞

有些詞，兩者語幹相同，但活用不同，既可以按形容詞活用來看，也可以按形容動詞活用來用。常用的有：

細《こま》かい　　細《こま》かだ／細小

暖《あたたか》かい　　暖《あたた》かだ／暖和

黄色《きいろ》い　　黄色《きいろ》だ／黃的

四角《しかく》い　　四角《しかく》だ／四角的、方的

它們的活用如下：

形容詞、形容動詞兩種活用表

基本形	語幹／語尾	第一變化 未然形	第二變化 連用形	第三變化 終止形	第四變化 連體形	第五變化 假定形
暖《あたた》かい	あたたか	かろ	かっ① く②③	い	い	けれ
暖《あたた》かだ	あたたか	だろ	だっ① で に	だ	な	なら
主要後續詞		う	①た ②中止 ③ない ④連用	與形容詞、形容動詞後續相同。		ば

上述一些單語既可以用~い、也可以用だ。用例：

★未然形

○昨日《きのう》は暖《あたた》かかった（暖《あたた》かだった）。

／昨天很暖和。

★連用形

○あの部屋《へや》は暖《あたた》かくない（暖《あたた》かでない）。

／那個房間不暖和。

★終止形

○あの部屋《へや》は暖《あたた》かい（暖《あたたか》かだ）。

／那個房間暖和。

★連體形

○暖《あたた》かい（暖《あたた》かな）日《ひ》にハイキングに行《い》きましょう。

／暖和天我們去郊遊吧！

另外大《おお》きい、小《ちい》さい、おかしい也可以用大《おお》きな、小《ちい》さな、おかしな，也就是既可以作形容詞用，也可以作形容動詞用。但它們的其他活用，只能按形容詞來活用。例如：

○大《おお》きい（大《おお》きな）部屋《へや》もあるし、小《ちい》さい（小《ちい》さな）部屋《へや》もある。

／既有大房間，也有小房間。

第四節 複合形容詞、複合形容動詞

也稱作合成形容詞、合成形容動詞。它們和複合動詞一樣是由兩個或兩個以上的單語結合起來構成的形容詞或形容動詞。

1 複合形容詞

是由幾個單語合成的形容詞，從它們的合成情況來看，有下列幾種：

(1) 名詞＋形容詞

名詞下面直接接形容詞。例如：

名高《なだか》い／有名的、著名的

規則正《きそくただ》しい／規矩的

男《おとこ》らしい／有男子氣概的、像男子漢的

(2) 動詞＋形容詞

一般在動詞連用形下面接形容詞。例如：

読《よ》みにくい／難唸的、不好唸的

飲《の》みづらい／難喝的、不好喝的

限《かぎ》りない／無限的

(3) 形容詞＋形容詞

一般在形容詞的語幹下面直接接另一個形容詞。例如：

うすあかい／淺紅色的

おもくるしい／不舒暢的、笨重的

ふるくさい／陳舊的

它們的活用按後一個形容詞活用。例如：

○その本《ほん》は読《よ》みにくかろう。

／那本書不好讀吧。

○いいえ、読《よ》みにくくない。

／不，不難讀。

○それは読《よ》みにくい本《ほん》だ。

／那是一本難讀的書。

○読《よ》みにくければ、読《よ》まなくてもいい。

／如果難讀的話，不讀也可以。

2 複合形容動詞

是由幾個單語組成的形容動詞，它們多是由接頭語、接尾語組成。

(1)接頭語「お」「ご」等構成的形容動詞。例如：

お静《しず》かだ／安靜、肅靜

ご丈夫《じょうぶ》だ／結實

小綺麗《こぎれい》だ／滿乾淨的

(2)接尾語「的《てき》」等構成的形容動詞。這時在名詞或直接在形容動詞語幹下面接「的《てき》」。

科学的《かがくてき》だ／科學的、科學性的

健康的《けんこうてき》だ／健康的

它們都按形容動詞活用進行活用。例如：

○これから科学的《かがくてき》（な）知識《ちしき》が必要《ひつよう》である。

／今後需要科學性的知識。

第六章 助動詞（一）

——せる、させる、れる、られる

第一節 什麼樣的詞是助動詞

接在動詞（或接在形容詞、體言下面，如です、らしい等）下面，起一定文法作用或增添某種意義、並且有形態變化（即活用）的附屬語稱作助動詞。例如：

○まだ行《い》かない。
／還沒有去。

○いま行《い》きます。
／現在去。

○さあ、行《い》こう。
／哎！走吧！

○昨日《きのう》、行《い》った。
／昨天去了。

○行《い》く人《ひと》は田中《たなか》さんだ。

／去的人是田中先生。

○行《い》く人《ひと》は野村《のむら》らしい。

／去的人好像是野村小姐。

上述句子裡的綠字都接在動詞行《い》く下面；而だ、らしい分別接在名詞田中《たなか》、野村《のむら》下面，都起了一定的文法作用或增添了某種意義，並且都有形態變化，因此都是助動詞。

具體地說，助動詞有以下的特點：

①**助動詞是具**有活用**的**附屬語，不能單獨構成文節，**只有接在自立語下面才能使用。如受身助動詞的「**れる**」、「**られる**」與尊敬助動詞「**れる**」、「**られる**」都是接在動詞下面，構成文節，才能使用的。如「**ほめられる**」（受到表揚）、「**帰《かえ》られる**」（回去）。**

②**助動詞接在什麼詞下面，接在哪一個活用形下面都有一定的規律。如上述的「**れる**」接在**五段活用動詞**下面，而「**られる**」則接在五段活用動詞以外的**其他動詞**下面，並且都接在**未然形**下面。**

③助動詞有活用。根據它們的活用，來增添所接動詞的意義或使體言發生用言般的作用。

第二節 助動詞的接續關係

①「ない」、「ます」、「せる」、「させる」、「れる」、「られる」、「たい」、「まい」接在動詞或接在動詞型助詞下面。

②「う」、「た」、「そうだ」除了接在動詞或動詞型助動詞下面以外，還接在形容詞、形容動詞下面。

③「だ」、「です」接在名詞下面，有時它們的某種活用形也接在動詞、動詞型助動詞、形容詞等下面。例如：「行《い》くだろう」、「忙《いそが》しいでしょう」。

④「らしい」、「ようだ」可以直接接在動詞、形容詞下面以外，「らしい」還可以直接接在名詞下面，「ようだ」接在「名詞＋の」的下面。例如「猿《さる》らしい」（像猴子）、「猿《さる》のようだ」（像猴子似的）。

⑤**助動詞接在**動詞、動詞型助動詞、形容詞、形容動詞**下面時，所接的**活用形是一定的。

⑥**助動詞可以重疊使用，使用的前後關係是一定的。例如：**

○私《わたし》は立《た》たせられませんでした。

／我沒有被罰站。

它們互相間接接續關係如下：

立《た》た｜せる
← せ｜られる
← ら｜れます
← ま｜せん
← ん｜です
← でした

上面這個圖解說明動詞與助動詞之間的先後接續關係是：

動詞＋使役助動詞＋受身助動詞＋丁寧助動詞＋否定助動詞＋斷定助動詞＋過去助動詞

○あちらは大雨《おおあめ》だったそうです。

／聽說那裡下了大雨。

あちらは大雨《おおあめ》だ
← だった
← たそうだ（そうです）

上面圖解說明名詞後續だ先後的順序是：

名詞＋斷定助動詞＋過去助動詞＋傳聞助動詞

第三節　助動詞的分類

1 從活用形上進行的分類

從前面說明可知助動詞也有活用，根據類別的不同，有不同的活用。它們也和動詞一樣有五至六個活用形，但多數是不具備六種活用形的，其中也有幾個助動詞是只有一個或兩個活用形。根據活用形的異同進行分類有下列五種：

①**動詞活用型助動詞**　せる、させる、れる、られる

②**形容詞活用型助動詞**　ない、たい、らしい

③**形容動詞型助動詞**　だ、そうだ、ようだ

④**特別活用型助動詞**　ぬ（ん）、ます、た、です

⑤**詞形不變型助動詞**　う、よう、まい

2 從意義上的分類

有以下多種助動詞：

①**使役助動詞**　せる、させる
②**受身助動詞**　れる、られる
③**可能助動詞**　れる、られる
④**自發助動詞**　れる、られる
⑤**尊敬助動詞**　れる、られる
⑥**丁寧助動詞**　ます
⑦**否定助動詞**　ない、ぬ
⑧**希望助動詞**　たい（たがる）
⑨**推定助動詞**　らしい
⑩**意志助動詞**　う、よう、まい

⑪ **過去助動詞**　た（だ）

⑫ **斷定助動詞**　だ、です

⑬ **比況助動詞**　ようだ、ようです

⑭ **樣態助動詞**　そうだ、そうです

⑮ **傳聞助動詞**　そうだ、そうです

下面大致按上述分類逐次加以說明。

第四節 使役助動詞せる、させる

1 使役助動詞的接續關係及其意義

使役助動詞有せる、させる。せる接在五段活用動詞未然形下面，させる接在五段活用動詞以外的其他動詞的未然形下面。例如：

読《よ》む→読《よ》ませる

起《お》きる→起《お》きさせる

開《あ》ける→開《あ》けさせる

来《く》る→来《こ》させる

する→せさせる→させる

其中サ行變格活用動詞する未然形せ下面接させる形成せさせる，然後約音成為させる。

例如：

勉強《べんきょう》する→勉強《べんきょう》せさせる→勉強《べんきょう》させる

決定《けってい》する→決定《けってい》せさせる→決定《けってい》させる

使役助動詞表示使他人進行某種活動或做某種事情。相當於中文的讓、叫。

○先生《せんせい》は生徒《せいと》に作文《さくぶん》を書《か》かせます。

／老師要學生寫作文。

○母《はは》は子供《こども》に制服《せいふく》を着《き》させます。

／媽媽要孩子穿制服。

○友人《ゆうじん》に来《こ》させました。

／叫朋友來。

②使役動詞「せる」、「させる」的活用及用法

せる、させる與サ行下一段活用動詞活用相同。

使役助動詞活用表

基本形	接續關係	第一變化 未然形	第二變化 連用形	第三變化 終止形	第四變化 連體形	第五變化 假定形	第六變化 命令形
せる	接在五段動詞未然形下	せ	せ	せる	せる	せれ	せろ よ
させる	接在五段外其他動詞未然形下	させ	させ	させる	させる	させれ	させろ よ
主要後續詞		ない、ぬ、よう、まい	た、たい、ます、そうだ、て、ても、たり、ながら等	結句、だろう、らしい、そうだ、と、から、が、か	体言、ようだ、ので、のに等	ば	／

用例：

★未然形

○父《ちち》は私《わたし》に行《い》かせない。

／父親不讓我去。

○母《はは》は子供《こども》に冷《つめ》たいものを食《た》べさせない。

／母親不讓孩子吃涼的東西。

★連用形

○父《ちち》は次郎《じろう》に行《い》かせました。

／父親讓次郎去了。

○父《ちち》は次郎《じろう》に医学《いがく》を勉強《べんきょう》させ、花子《はなこ》に音楽《いんがく》を習《なら》わせました。

／父親讓次郎學醫學，讓花子學音樂。

★終止形

○父《ちち》は弟《おとうと》に行《い》かせる。

／父親要弟弟去。

○母《はは》は弟《おとうと》に毎朝《まいあさ》六時《ろくじ》に起《お》きさせる。

／母親要弟弟每天早上六點起床。

★連體形

○私《わたし》は弟《おとうと》に行《い》かせるつもりです。

／我打算讓弟弟去。

○学生《がくせい》に十分《じゅうぶん》復習《ふくしゅう》させる必要《ひつよう》がある。

／有必要讓學生進行充分的練習。

★假定形

○あの人《ひと》にやらせればきっとうまくできます。

／讓他做的話，他一定做得好。

○彼《かれ》に出場《しつじょう》させれば、きっと相手《あいて》を打《う》ち負《ま》かすことができます。

／如果讓他出場，一定能打敗對方。

★命令形

○はやく行《い》かせろ。

／叫他快點去！

○もっとはやく起《お》きさせろ。

／叫他再早點起來。

第五節　受身助動詞れる、られる

1 受身助動詞的接續關係及其意義

受身助動詞也稱作被役助動詞，中文往往稱作被動助動詞。受身助動詞有れる、られる。れる接在五段活用動詞未然形下面，られる接在五段動詞以外的其他動詞的未然形下面。例如：

読《よ》む→読《よ》まれる
見《み》る→見《み》られる
助《たす》ける→助《たす》けられる
来《く》る→来《こ》られる

する↓せられる↓される

其中サ行變格活用動詞，接られる時，接在せ（不接し下面）下面，形成せられる，然後約音成為される。例如：

訪問《ほうもん》する↓訪問《ほうもん》せられる↓訪問《ほうもん》される

愛《あい》する↓愛《あい》せられる↓愛《あい》される

受身助動詞表示主語接受旁人的動作，多表示主語受到益處或受到影響、損失。相當於中文的受、被、讓、挨等。

○弟《おとうと》は父《ちち》に叱《しか》られました。

／弟弟被父親喝斥了。

○王《おう》さんは田中先生《たなかせんせい》に褒《ほ》められました。

／小王受到了田中老師表揚。

○彼《かれ》は人々《ひとびと》に愛《あい》されています。

／他受到人們的愛戴。

○彼《かれ》は多《おお》くの人《ひと》に反対《はんたい》されています。

／他受到許多人們的反對。

2 受身助動詞「れる」、「られる」的活用及用法

れる、られる與ラ行下一段活用動詞的活用相同。

使役助動詞活用表

基本形	接續關係	第一變化 未然形	第二變化 連用形	第三變化 終止形	第四變化 連體形	第五變化 假定形	第六變化 命令形
れる	接在五段動詞未然形下	れ	れ	れる	れる	れれ	れろ よ
られる	接在五段外其他動詞未然形下	られ	られ	られる	られる	られれ	られろ よ

主要後續詞
ない、ぬ、よう、まい
た、たい、ます、そうだ、て、ても、たり、ながら等
結句、だろう、らしい、そうだ、と、から、が、か等
体言、ようだ、ので、のに等
ば
／

用例：

★未然形

○私《わたし》はそんな人《ひと》には騙《だま》されない。

／我不會被那種人騙。

○一部《いちぶ》の議員《ぎいん》に反対《はんたい》されようが、大多数《だいたすう》は賛成《さんせい》である。

／雖然受到一部分議員的反對，但大多數是贊成的。

★連用形

○兄《あに》は時々《ときどき》父《ちち》に叱《しか》られます。

／哥哥經常被父親喝斥。

○私《わたし》はよく褒《ほ》められたり、叱《しか》られたりします。
／我常受表揚、批評。

★終止形
○私《わたし》そんなことをすると、叱《しか》られるだろう。
／做那種事會被罵的。
○時々先生《ときどきせんせい》に褒《ほ》められる。
／經常受老師表揚。

★連體形
○弟《おとうと》は父《ちち》に叱《しか》られる時《とき》もある。
／弟弟有時也會被父親喝斥。
○人《ひと》に顔《かお》を見《み》られるのが恥《はず》かしい。
／被人看見臉孔很難為情。

★假定形
○みんなに反対《はんたい》されればやめます。
／要是受到人們反對就不做了。

○褒《ほ》められればいい気《き》になります。

／要是受到表揚就得意起來。

★命令形

雖有れろ、れよ、られろ、られよ，但很少使用，不再舉例說明。

③接在自動詞下面的受身助動詞

從本節的上述例句來看，受身助動詞大部分接在他動詞下面，這種情況是比較容易理解的。例如：

○先生《せんせい》に褒《ほ》められました。

／受到了老師的表揚。

○私《わたし》は足《あし》を踏《ふ》まれました。

／我的腳被踩了。

上述句子裡的褒《ほ》める、踏《ふ》む都是他動詞，但在日語裡，有許多自動詞也可以在未然形下面接受身助動詞れる、られる，這時表示句子裡的主語，由於句裡的這一動作受到某種影響、干擾或受到了某種損害、損失。例如：

○大雨《おおあめ》に降《ふ》られました。

／被大雨淋了。

○一晩中《ひとばんちゅう》子供《こども》に泣《な》かれました。

／小孩子哭了一整晚。

○父《ちち》にさんざん怒《おこ》られました。

／被父親狠狠地罵了。

○人《ひと》に前《まえ》に立《た》たれてちっとも見《み》えませんでした。

／別人站在前面，根本看不見。

○人《ひと》に来《こ》られて、落《お》ち着《つ》いて勉強《べんきょう》もできませんでした。

／人們一來，和不能安靜下來用功。

上述句子裡的降《ふ》る、泣《な》く、怒《おこ》る、立《た》つ、来《く》る都是自動詞，但它們都後續了受身助動詞，都含有受到干擾或受到損失的意思。

4 使役助動詞和受身助動詞的連用

(1)接續關係

在使役助動詞的未然形下面，也可以接受身助動詞られる，具體的接續關係如下：

五段活用動詞在未然形下面接使役助動詞的せる，然後在せる的未然形下面接られる，構成せられる，然後約音成される。例如：

書《か》く↓書《か》かせられる↓書《か》かされる

立《た》つ↓立《た》たせられる↓立《た》たされる

飲《の》む↓飲《の》ませられる↓飲《の》まされる

五段動詞以外的其他活用動詞，在未然形下面接使役助動詞させる，然後在させる的未然形下面接られる，這時一般不約音。例如：

起《お》きる↓起《お》きさせられる

食《た》べる↓食《た》べさせられる

来《く》る↓来《こ》させられる

感激《かんげき》する↓感激《かんげき》させられる

(2) 使役、受身的意義、用法

中文裡沒有類似的表現形式，因此很不好理解，基本上有下面兩種含意、用法：

①**表示**自發的動作、行為。**相當於中文的**不由得、不禁**等**。

○校長先生《こうちょうせんせい》のお話《はなし》を聞《き》いて、私《わたし》はすっかり考《かんが》えさせられました。

／聽了校長的話，我不禁深有所感。

○彼《かれ》の好意《こうい》にまったく感動《かんどう》させられました。

／對於他的好意，我不由得深受感動。

②**表示**被迫的行動**或**不利的處境。**相當於中文的**被迫、不得不**等或根據前後關係進行翻譯**。

○王《おう》さんは二十分間《にじっぷんかん》も立《た》たせられました。

／小王被罰站了二十分鐘。

○兄《あに》は仕事《しごと》をやめさせられました。

／哥哥被迫停止了工作。

○私《わたし》は毎日母《まいにちはは》の手伝《てつだ》いをさせられます。

／我每天都不得不幫媽媽的忙。

上述句子裡的～せられる、～させられる都含有不得已、不得不的意思。

第六節 可能助動詞れる、られる

1可能助動詞的接續關係及其意義

可能助動詞有れる、られる。れる接在五段活用動詞的未然形下面，但這時通常會發生約音，成為一個下一段活用動詞，而這時的下一段活用動詞，一般稱之為可能動詞。例如：

書《か》く↓書《か》かれる↓書《か》ける

立《た》つ↓立《た》たれる↓立《た》てる

飛《と》ぶ↓飛《と》ばれる↓飛《と》べる

読《よ》む↓読《よ》まれる↓読《よ》める

上述的書《か》ける、立《た》てる、飛《と》べる、読《よ》める都是可能動詞，表示可能、能夠。られる接在五

段活用動詞以外的其他動詞的未然形下面，也表示可能、能夠。例如：

起《お》きる↓起《お》きられる　来《く》る↓来《こ》られる

食《た》べる↓食《た》べられる　帰校《きこう》する↓帰校《きこう》せられる↓帰校《きこう》される

其中サ行變格活用動詞用せられる，要約音成為される。

看一看它們的使用情況。

○まだ日本語《にほんご》の新聞《しんぶん》が読《よ》めません。

／還看不懂日文報紙。

○五時《ごじ》に起《お》きられます。

／五點起得來。

○その魚《さかな》は生《なま》で食《た》べられます。

／那種魚可以生吃。

○明日《あした》十時《じゅうじ》に来《こ》られます。

／明天十點能來。

2 可能助動詞「れる」、「られる」的活用及用法

可能助動詞的活用和受身助動詞的活用相同，只是在使用時有下面幾點值得注意：

①**接**上一段活用動詞、下一段活用動詞、カ行變格活用動詞**時，在它們的**未然形**下面接**られる**即可**。

②**使用**五段活用動詞**的**可能用法**時，雖也用五段動詞的**未然形**下接**れる**的用法，但多用表示**可能**的**可能動詞。**例如：**

○明日《あした》行《い》けます。

／明天可以去。

○暗《くら》くて読《よ》めません。

／太暗，沒法讀。

○私《わたし》は泳《およ》げません。

／我不會游泳。

③サ變動詞**下面接可能助動詞**られる**，形成**せられる**，然後約音成為**される**，這時表現和受身助動詞一樣，容易和受身助動詞混淆，因此常用**サ變動詞語幹＋できる**來代替它。例如：**

○あの機械《きかい》はもう使用《しよう》できません。
／那個機器已經不能用了。
○今年《ことし》の夏休《なつやす》みは帰省《きせい》できます。
／今年的暑假可以回家探親。
○彼《かれ》は信頼《しんらい》できる人《ひと》です。
／他是個可以信賴的人。

看一看各活用形的用法：

★**未然形**
○なかなか覚《おぼ》えられない。
／總是記不住。
○それはいい方法《ほうほう》だと言《い》えよう。
／那可以說是一種好方法。

★**連用形**
○一日《いちにち》に五十《ごじゅう》個《ご》ぐらいの単語《たんご》は覚《おぼ》えられます。
／一天可以記五十個單字。

○車《くるま》で三十分間《さんじっぷんかん》で行《い》けます。

／坐車三十分鐘就可以到。

★終止形

○一時間《いちじかん》に五《ご》キロぐらい歩《ある》ける。

／一小時可以走五公里。

○二《に》、三回《さんかい》読《よ》めば覚《おぼ》えられる。

／唸兩三遍，就能記下來。

○李《り》さんも来《こ》られる。

／小李也能來。

★連體形

○一時間《いちじかん》に六《ろく》キロぐらい歩《ある》ける時《とき》もあります。

／有時一個小時可以走六公里。

○来《こ》られる人《ひと》はそう多《おお》くありません。

／能夠來的人不是很多。

★假定形

○歩《ある》ければやはり歩《ある》いて行《い》った方《ほう》がいいんです。

／如果走得動的話，還是走著去好。

○午後《ごご》来《こ》られれば来《き》てください。

／下午能來的話，就請來吧。

★沒有命令形

3 可能句的主語助詞和客語助詞

如果敘述語是他動詞時一般句子用：

「AはBを～」

但在可能句裡，述語是由他動詞構成的表示可能的述語時，則要用：

「AにはBが～られる」

也就是說客語下面的助詞「を」往往改用「が」，表示B是動作的對象；而主語下面的「は」則常用「には」來代替，仍表示主語。例如：

○私《わたし》には日本語《にほんご》がうまく話《はな》せません。

／我日文講得不好。

○学生《がくせい》たちには日本語《にほんご》の映画《えいが》が見《み》られます。

／學生可以看日本的電影。

○おじいさんにはあんな遠《とお》くの看板《かんばん》の文字《もじ》でも読《よ》みわけられます。

／爺爺就連那麼遠的招牌上的文字也能看清楚。

第七節　自發助動詞れる、られる

1 自發助動詞的接續關係及其意義

自發助動詞與可能助動詞相同，也是れる、られる，因此有的學者認為自發助動詞是可能助動詞的一種，本書為了將它和可能助動詞區分開來，將它作為獨立的助動詞加以說明。自發助動詞れる接在部分五段活用動詞未然形下面；而られる則接在五段活用動詞以外的一少部分其他動詞的未然形下面。而它們能接的動詞相當少數，只限於與人的感情或思維有關的動詞，在這些動詞未然形下，接自發助動詞，表示動作的自然發生，或表示因不能抑制的感情而作出的某種動作。相當於中文的不由得、自然地等。例如：

泣《な》く→泣《な》かれる（也用泣《な》ける）

思《おも》う↓思《おも》われる（也用思《おも》える）
偲《しの》ぶ↓偲《しの》ばれる
待《ま》つ↓待《ま》たれる
考《かんが》える↓考《かんが》えられる
感《かん》ずる↓感《かん》ぜられる
想像《そうぞう》する↓想像《そうぞう》される
心配《しんぱい》する↓心配《しんぱい》される

2 自發助動詞的用例：

○なんだか不思議《ふしぎ》に思《おも》われます。
／總覺得有些奇怪。
○あの場面《ばめん》を見《み》るたびに泣《な》けてしまいます。
／每看到那種場面，就不由得要哭了起來。
○故郷《ふるさと》の母《はは》が思《おも》い出《だ》される。
／不由得想起家鄉的母親。

○故郷《ふるさと》の山河《さんが》が偲《しの》ばれる。

／不由得懷念起故鄉的山河。

○友《とも》の身《み》の上《うえ》が案《あん》じられます。

／不由得擔心起朋友的處境。

○私《わたし》には母《はは》のことが心配《しんぱい》されてなりません。

／擔心母親擔心得不得了。

3 自發句的主語助詞與客語助詞

一般句子的述語是他動詞時，一般用「Aは（或が）Bを他動詞」的句式，也就是說主語下面用助詞が或は表示主語，客語下面用を表示動作對象；而在自發句裡，它的構成和表示可能的句式相同，即主語下面多用助詞には，也可以用は，表示主語，而客語下面的を多改用が表示動作對象，也就是多用「AにはBが～される」這一形式。例如：

○私《わたし》にはあの時《とき》の恐《おそ》ろしさが思《おも》い出《だ》されるのです。

／我常想起那時可怕的情況。

○社長《しゃちょう》さんには会社《かいしゃ》の将来《しょうらい》が案《あん》じられるでしょう。

／社長應該很擔心公司的前途吧。

第八節 尊敬助動詞れる、られる

① 尊敬助動詞的接續關係及其意義

尊敬助動詞也稱作敬語助動詞，有れる和られる，它們和受身助動詞一樣，れる接在五段活用動詞未然形下面，られる接在五段動詞以外的其他動詞的未然形下面，表示對動作主體的尊敬，因此句子的主語多是講話者的上級、長輩。例如：

○田中先生《たなかせんせい》は東京《とうきょう》へ帰《かえ》られました。

／田中老師回東京去了。

○おじいさんは五時《ごじ》に起《お》きられます。

／爺爺五點起床。

○社長《しゃちょう》はもう出掛《でか》けられます。
／老闆已經出去了。
○校長先生《こうちょうせんせい》が来《こ》られました。
／校長來了。
○李先生《りせんせい》がそう解釈《かいしゃく》されました。
／李老師那麼解釋了。

2 尊敬助動詞「れる」「られる」的活用、用法

尊敬助動詞れる、られる與受身助動詞れる、られる的接續關係、活用法相同。

★未然形

○内山先生《うちやませんせい》は来《こ》られないそうです。
／據說內山老師不來了。
○野村先生《のむらせんせい》は来《こ》られよう（来《こ》られるだろう）。
／野村老師會來吧。

★連用形

○田中先生《たなかせんせい》は和歌《わか》も詠《よ》まれ、小説《しょうせつ》も書《か》かれます。

／田中先生既吟和歌，也寫小說。

○校長先生《こうちょうせんせい》は親切《しんせつ》に教《おし》えられました。

／校長很親切地教導了我們。

★終止形

○内山先生《うちやませんせい》が文法《ぶんぽう》を教《おし》えられる。

／內山老師教文法。

○校長先生《こうちょうせんせい》が一緒《いっしょ》に行《い》かれるそうです。

／據說校長也會一塊兒去。

★連體形

○校長先生《こうちょうせんせい》が二《に》、三日《さんにち》のうちに帰《かえ》られる予定《よてい》です。

／校長預定兩三天內回來。

○帰《かえ》られる時《とき》には、見送《みおく》りに行《い》きます。

／您回去的時候，我會去送您。

★假定形

○あの方《かた》がいられれば大丈夫《だいじょうぶ》です。

／那位先生如果在的話，就沒問題了。

○先生《せんせい》はこの手紙《てがみ》を読《よ》まれればおわかりになります。

／老師看到這封信，就會懂的。

★一般不用命令形

但尊敬動詞接在動詞連用形下面構成的文節，有時很容易和可能助動詞、受身助動詞構成的文節相混淆。例如：

○おじいさんはいつ帰《かえ》られますか。

／①爺爺什麼時候能回來？

／②爺爺什麼時候回來？

○先生《せんせい》が来《こ》られればいいが。

／①老師能來就好了。

／②老師來就好了。

上述句子都可以做兩種解釋帰《かえ》られる、来《こ》られる中的られる既可以解釋為可能助動詞，也可以解釋為尊敬助動詞，為了避免混淆，表示敬語時多用其他表示敬語的表達方式來表示尊敬。例如：

○おじさんはいつお帰《かえ》りになりますか。

／爺爺什麼時候回來？

○先生《せんせい》がいらっしゃればいいが。

／老師來就好了。

第七章 助動詞（二）——ない（ぬ）、たい（たがる）、らしい、だ（です）、そうだ、ようだ

否定助動詞ない、希望助動詞たい、推量助動詞らしい是形容詞活用型的助動詞，它們的活用都是按形容詞活用變化的；斷定助動詞だ（です）、比況助動詞ようだ、樣態助動詞そうだ、傳聞助動詞そうだ，都是形容動詞活用型的助動詞，都是按著形容動詞活用形變化的。下面內文中分別加以說明。

第一節 否定助動詞ない、ぬ

1 否定助動詞「ない」

(1) ない的接續關係及其意義

也稱作打消助動詞，接在動詞及動詞型助動詞せる、させる、れる、られる的未然形下面，表示否定或打消。相當於中文的不、沒有。例如：

行《い》く↓行《い》かない

食《た》べる↓食《た》べない

来《く》る↓来《こ》ない

勉強《べんきょう》する↓勉強《べんきょう》しない

起《お》きられる↓起《お》きられない

飲《の》める↓飲《の》めない

行《い》かせる↓行《い》かせない

上述文節裡的ない都是否定助動詞。

看一看它們的使用情況：

○まだ寝《ね》ないの。

／還不睡嗎？

○張《ちょう》さんは来《こ》ないらしい。

／小張好像不會來。

○私《わたし》は行《い》かない。

／我不去。

○一人《ひとり》で帰《かえ》られない。

／一個人回不去。

○父《ちち》は私《わたし》に行《お》かせない。

／父親不讓我去。

ない也接在形容詞、形容詞型助動詞たい以及形容動詞、形容動詞型助動詞だ、そうだ、ようだ等下面，表示否定或打消，但這時的ない，則不是否定助動詞，而是形容詞。例如：

忙《いそが》しくない
静《しず》かでない
行《い》きたくない
日本人《にほんじん》ではない
子供《こども》のようではない
降《ふ》りそうもない

上述文節中的ない都是形容詞。

(2)否定助動詞「ない」的活用即其用法

ない的活用與形容詞的活用基本上是一樣的。

「ない」的活用表

基本形	接續變化	第一變化 未然形	第二變化 連用形	第三變化 終止形	第四變化 連體形	第五變化 假定形
ない	接動詞及動詞型助動詞未然形下面	なから	なく① なかっ②	ない	ない	なけれ
主要後續詞		う	①て、ても、たって、中止 ②た、たり	結句、だろう、そうだ、らしい、から、と、が等	体言、ようだ、ので、のに等	ば

用例：

★未然形

○寝室《しんしつ》には誰《だれ》もいなかろう。

／沒有人在寢室吧。

○明日《あした》は雨《あめ》が降《ふ》らなかろう。

／明天不會下雨吧。

但在實際日常會話中，動詞未然形なかろう這種說法是不常說的，一般用ないだろう，如誰《だれ》もいないだろう、雨《あめ》が降《ふ》らないだろう。

★連用形

○彼《かれ》の言《い》うことがわからなくて困《こま》っていました。

／聽不懂他講的話，非常頭痛。

○そんなことは全然《ぜんぜん》知《し》らなかった。

／我完全不知道那件事。

★終止形

○いつ行《い》くかわからない。

／不知道什麼時候去。

○李先生《りせんせい》は今日《きょう》来《こ》られないでしょう。

／李老師今天不來了吧。

○勉強《べんきょう》しないと落第《らくだい》しますよ。
／要是不努力用功，那會考不上的。

★連體形

○クラスの中《なか》には勉強《べんきょう》しない人《ひと》はいません。
／班裡的人們沒有不用功的。
○勉強《べんきょう》しないので、先生《せんせい》に叱《しか》られました。
／因為不用功，被老師罵了。

★假定形

○先生《せんせい》が来《こ》なければ自習《じしゅう》しなさい。
／老師沒來的話，請大家自習！
○わからなければいつでも聞《き》いてください。
／如果不懂的話，隨時都可以問一問！

★沒有命令形

2否定助動詞「ぬ」

在口頭語言裡表示「沒有」時使用ない的頻度多。也接在動詞和動詞型助動詞以及ます的未然形下面。表示否定或打消。例如：

行《い》く↓行《い》かぬ

食《た》べる↓食《た》べぬ

来《く》る↓来《こ》ぬ

ます↓ませぬ（ん）

但接在サ變動詞下面時，ない接在サ變動詞未然形し下面，而ぬ接在未然形せ下面，它們分別構成：

勉強《べんきょう》する↓勉強《べんきょう》しない↓勉強《べんきょう》せぬ

ぬ的活用和ない不同，屬於特殊型活用。

「ぬ」的活用表

基本形	接續變化	第一變化 未然形	第二變化 連用形	第三變化 終止形	第四變化 連體形	第五變化 假定形
ない	接動詞及動詞型助動詞未然形下面（サ變接せ）	×	ず（に）	ぬ（ん）	ぬ	ね

用例：

★連用形

多表示連用或中止。

○思《おも》わず、おっと叫《さけ》んだ。

／不由得喊了一聲啊。

○ぶらぶらせずに、さっさと歩《ある》け。

／不要懶懶散散地，快點走。

○かなり長《なが》い間《あいだ》に身動《みうご》きもせずにいました。

／有好長一段時間，動也不動。

★終止形

ぬ在口語裡，經常發生音便成為ん。

○火《ひ》のないところに煙《けむり》は立《た》たぬ（ん）。

／無風不起浪。

○そんなことを言《い》うと、承知《しょうち》せぬ（ん）ぞ。

／你這麼講我可不答應啊！

★連體形

○わからぬ（ん）ことは聞《き》いてください。

／不懂的要問。

○水泳《すいえい》のできぬ（ん）人《ひと》、こちらへ来《き》てください。

／不會游泳的人到這邊來！

★假定形

○はやく行《い》かねば間《ま》に合《あ》いません。

／不快點去，要來不及了。

○学生《がくせい》ですから、よく勉強《べんきょう》せねばなりません。

／因為是學生必須努力用功。

★沒有命令形

第二節 希望助動詞たい、たがる

① 希望助動詞「たい」

(1)「たい」的接續關係及其意義

たい接在動詞、受身助動詞、使役助動詞連用形下面，表示希望、願望。相當於中文的想、希望、願意等。例如：

食《た》べる↓食《た》べたい

見《み》る↓見《み》たい

行《い》く↓行《い》きたい

研究《けんきゅう》する↓研究《けんきゅう》したい

褒《ほ》められる↓褒《ほ》められたい

行《い》かせる↓行《い》かせたい

看一看它們的使用情況。

○私《わたし》は日本《にほん》へ一度《いちど》行《い》きたい。

／我想去日本一趟。

○日本《にほん》の映画《えいが》が見《み》たいです。

／我想看日本的電影。

○日本《にほん》の歴史《れきし》を研究《けんきゅう》したいです。

／我想研究一下日本的歷史。

○誰《だれ》でも褒《ほ》められたいでしょう。

／誰都想讓人家表揚吧。

上述句子裡的たい都是希望助動詞。但是使用たい有下面兩點值得注意：

①用「たい」、「たいです」作述語時，這時的主語一般多是第一人稱「私《わたし》」、「僕《ぼく》」，如果省略了主語，這時的主語仍是「私《わたし》」、「僕《ぼく》」，如上述的第二句、第三句。但述語

用「～たいでしょう」表示推量，或用「～たかった」表示過去的情況時，主語可用第二人稱、第三人稱。例如：

○その時君《ときみ》も日本《にほん》へ行《い》きたかったですよね。

／那個時候你也想去日本吧！

○みな日本《にほん》の映画《えいが》を見《み》たいでしょう。

／大家想看日本的電影吧。

②「たい」所接的動詞是他動詞時，他動詞前面所用的客語助詞「を」多改用「が」。

例如：

さしみを食《た》べたい↓さしみが食《た》べたい

水《みず》を飲《の》みたい↓水《みず》が飲《の》みたい

日本語《にほんご》を勉強《べんきょう》したい↓日本語《にほんご》が勉強《べんきょう》したい

(2)「たい」的活用及其用法

たい的活用與形容詞、否定助動詞ない的活用基本相同。

基本形	接續變化	第一變化 未然形	第二變化 連用形	第三變化 終止形	第四變化 連體形	第五變化 假定形
たい	接動詞、受身助動詞、使役助動詞的未然形下面	たから	たく① たかっ②	たい	たい	たけれ
主要後續詞		う	①て、ても、ない ②た、たり	だろう、そうだ、らしい、から、と、が、し等	体言、ようだ、ので、のに等	ば

用例：

★未然形

○一日《いちにち》もはやく会《あ》いたかろう。

／你想盡早見面吧。

○あなたにも日本《にほん》の映画《えいが》が見《み》たかろう。

／你也想看日本的電影吧！

但是實際日常會話中，不常這麼用，一般在たい下面接だろう（或でしょう）來表示推量。即用「会《あ》いたいだろう」、「見《み》たいだろう」或「会《あ》いたいでしょう」、「見《み》たいでしょう」。

★連用形

○何《なに》も食《た》べたくない。

／什麼也不想吃。

○一日《いちにち》もはやくあなたに会《あ》いたかった。

／我想盡早見到你。

★終止形

○冷《つめ》たい水《みず》が飲《の》みたい。

／我想喝點冰水。

○もう一度《いちど》説明《せつめい》してもらいたい。

／我想請你再給我講一遍。

〇私《わたし》は京都《きょうと》にも行《い》きたいし、奈良《なら》にも行《い》きたい。

／我既想去京都，也想去奈良。

★連體形

〇私《わたし》の言《い》いたいことはこれだけです。

／我想說的只有這些。

〇読《よ》みたい本《ほん》がたくさんあります。

／我有很多想看的書。

★假定形

〇休《やす》みたければ休《やす》みなさい。

／想休息就休息吧！

〇そんなに買《か》いたければ買《か》ってもいいです。

／你如果那麼想買，要買也行。

2 希望助動詞「たがる」

(1)「たがる」的接續關係及其意義

たがる是希望助動詞たい的語幹た下面接接尾語がる構成的，仍接在動詞未然形以及受身助動詞、使役助動詞未然形下面，構成たがる時，按五段活用動詞活用。例如：

食《た》べる↓食《た》べたい↓食《た》べたがる

行《い》く↓行《い》きたい↓行《い》きたがる

参加《さんか》する↓参加《さんか》したい↓参加《さんか》したがる

褒《ほ》められる↓褒《ほ》められたい↓褒《ほ》められたがる

它表示他人顯露在外或行動上的願望。也相當於中文的想、希望、要等。例如：

○みんな日本《にほん》の映画《えいが》を見《み》たがっています。

／大家都想看日本的電影。

○彼《かれ》は日本《にほん》の歌《うた》を習《なら》いたがっています。

／他想學日本的歌曲。

○彼《かれ》は誰《だれ》にも会《あ》いたがりません。

／他誰也不想見。

○多《おお》くの親《おや》は無理《むり》に子供《こども》を進学《しんがく》させたがります。

／許多的父母想勉強讓孩子升學。

(2)「たがる」的活用及用法

たがる接五段活用動詞的活用

「たがる」的活用表

基本形		たがる	主要後續詞
接續變化		接動詞、受身助動詞、使役助動詞的未然形下	
第一變化	未然形	たがら① たがろ②	①ない、ぬ ②う
第二變化	連用形	たがり① たがっ②	①ます、ながら ②た、て、ても、たり 等
第三變化	終止形	たがる	結句、だろう、そうだ、らしい、から、と、が、し、な等
第四變化	連體形	たがる	体言、ようだ、ので、のに等
第五變化	假定形	たがれ	ば

用例：

★未然形

○彼《かれ》は何《なに》も食《た》べたがらない。

／他什麼也不想吃。

○たまに遊《あそ》びたがらぬ子供《こども》もいます。

／偶爾也有不想玩的孩子。

○みんな水泳《すいえい》に行《い》きたがろう。（行《い》きたがるだろう）

／大家都想去游泳吧。

★連用形

○みんな日本《にほん》の映画《えいが》を見《み》たがります。

／大家都想看日本的電影。

○映画《えいが》ばかり見《み》たがって勉強《べんきょう》しません。

／淨想看電影不用功學習。

★終止形

○修学旅行《しゅうがくりょこう》はみんな日本《にほん》へ行《い》きたがる。

／修學旅行大家都想去日本。

○彼《かれ》も行《い》きたがるから、行《い》かせましょう。

／他也想去，所以讓他去吧。

★連體形

○歌舞伎《かぶき》を見《み》たがる老人《ろうじん》がずいぶんいる。

／有很多想看歌舞伎的老人家。

○みんなが日本《にほん》の歌《うた》を聞《き》きたがるので、私《わたし》は歌《うた》って聞《き》かせました。

／因為大家想聽日本歌，所以我唱給大家聽了。

★假定形

○食《た》べたがれば買《か》って食《た》べさせます。

／（你）要是想吃的話，我買給你吃。

雖然舉出了這一個例句，但不常這麼用，一般多用たい的假定形「～たけれ（ば）」，即用「食《た》べたければ」。

★沒有命令形

3 希望助動詞「たい」與「たがる」的差異

「たい」與「たがる」都表示願望、希望，但使用的場合不盡相同。

(1)「たい」多用於說話者講自己的願望，有時也用於第二人稱、第三人稱的願望，但這時多是說話者對對方的詢問或表示說話者所作的推量或是講過去的事情。即用「～たいか」、「～たいだろう～たいらしい」或「～たかった」等結句。例如：

○私《わたし》は日本《にほん》の歌《うた》を習《なら》いたいです。

／我想學日本歌。

○あなたも日本《にほん》の歌《うた》を習《なら》いたいですか。

／你也想學日本歌嗎？

○彼《かれ》も日本《にほん》の歌《うた》を習《なら》いたいだろう。

／他也想學日本歌吧。

○中学《ちゅうがく》にいた時《とき》、彼《かれ》は歌手《かしゅ》になりたかったようだ。

／在國中的時候，他好像想成為一個歌手。

(2)「たがる」由於是表示顯露在外面或表現在行動上的願望，因此多用來講第二人稱、第三人稱的願望。有的時候，也用來講自己的願望，但這時多用在條件句裡。例如：

○みなハイキングに行《い》きたがっています。

／大家都想去郊遊。

○彼《かれ》もハイキングに行《い》きたがっています。

／他也想去郊遊。

○私《わたし》がハイキングに行《い》きたがっても、父《ちち》は許《ゆる》してくれません。

／我想去郊遊，但父親不准許。

第三節 推定助動詞らしい

1 推定助動詞「らしい」的接續關係及其意義

推定助動詞らしい也稱作推量助動詞，接在下述各種單語下面：

(1) 接在名詞、形容動詞語幹或副詞下面

例如：

日本人《にほんじん》らしい　偽物《にせもの》らしい

静《しず》からしい

(2) 接在動詞、形容詞、部分助動詞終止形下面

例如：

雨《あめ》が降《ふ》るらしい
忙《いそが》しいらしい
来《こ》ないらしい
行《い》かせるらしい

(3)也接在少數助詞下面

例如：

八時《はちじ》かららしい
十二番《じゅうにばん》までらしい

表示根據某種客觀情況而作出有把握的推斷。相當於中文的像、好像。例如：

○それは先生《せんせい》の眼鏡《めがね》らしい。
／那好像是老師的眼鏡。

○あちらは交通《こうつう》は不便《ふべん》らしい。
／那裡好像交通不方便。

○じき会《かい》が始《はじ》まるらしい。
／好像立刻就要開會。
○今日《きょう》も風《かぜ》が吹《ふ》くらしい。
／今天好像也會颳風。
○道《みち》は遠《とお》いらしい。
／路好像很遠。
○彼《かれ》は酒《さけ》を飲《の》まないらしい。
／他好像不喝酒。
○雨《あめ》はもう止《や》んだらしい。
／雨好像停了。
○会議《かいぎ》は九時《くじ》からららしい。
／會好像九點開。
○今日《きょう》試験《しけん》されるのは十番《じゅうばん》までらしい。
／今天好像考到十號。

②推定助動詞「らしい」的活用及用法

らしい與形容詞的活用大致相同。

「らしい」的活用表

基本形	接續變化	第一變化 未然形	第二變化 連用形	第三變化 終止形	第四變化 連體形	第五變化 假定形
らしい	接在名詞、形動語幹、動詞、形容詞終止形下面	×	らしく① らしかっ②	らしい	らしい	×
主要後續詞		×	①中止、て、ても ②た等	結句、です、から、が等	体言、ので、のに等	×

用例：

★連用形

○夜雨《よるあめ》が降《ふ》ったらしい、地面《じめん》が濡《ぬ》れています。

／好像夜間下了雨，地面還濕著。

○包《つつ》みの中《なか》は食《た》べ物《もの》らしかった。

／包裹裡的東西好像是吃的。

★終止形

○あの年寄《としよ》りは日本人《にほんじん》らしい。

／那位老人家好像是日本人。

○もう九時《くじ》です。あの人《ひと》はもう来《こ》ないらしい。

／已經九點了，他好像不來了。

★連體形

○駅《えき》の前《まえ》で中山《なかやま》さんらしい人《ひと》を見《み》かけました。

／在車站前面，我看見了一個像中山先生的人。

★一般不用未然形、假定形、命令形

③助動詞「らしい」與接尾語「らしい」的差異

らしい有時是助動詞，有時是接尾語，兩者形態相同，意義也比較近似，但接續關係、使用的情況不同。

接尾語「らしい」接在名詞、形容動詞語幹下面，與形容詞活用相同，表示帶有……樣子、像……樣、有……派頭等。例如：

○学生《がくせい》らしい。
／像學生樣。

○軍人《ぐんじん》らしい。
／有軍人的派頭。

○春《はる》らしい。
／像春天樣。

○ばからしい。
／傻。

因此用在句子裡和助動詞「らしい」的意思是不同的。例如：

○①あの人《ひと》は法学部《ほうがくぶ》の学生《がくせい》らしい。
／他好像是法學部的學生。
○②本当《ほんとう》に学生《がくせい》らしい。
／真有學生的樣子。
○③あの人《ひと》は学生《がくせい》ではないらしい。
／那個人好像不是學生。
○④あの人《ひと》は学生《がくせい》らしくない。
／他沒有學生的樣子。

第一句的学生《がくせい》らしい是推定助動詞，表示說話者根據自己看到的情況所進行的推斷；而第二個句子的学生《がくせい》らしい中的らしい則是接尾語，表示有學生的樣子，比如對人很有禮貌，很懂規矩。第三句中的学生《がくせい》ではないらしい的らしい是推定助動詞，表示從看到的情況進行的推斷，推斷他不是學生；而第四句表示沒有學生的樣子，比如對人沒有禮貌，不懂規矩。所以這句的らしい是接尾語。

因此在理解它們的意思時，要從前後關係仔細分析考慮。

第四節　斷定助動詞だ、です

斷定助動詞也稱作指定助動詞，有だ、です兩種。だ用在常體的句子裡，是普通的說法，屬於形容動詞型活用的助動詞；而です用在敬體的句子裡，是注重規矩的說法，屬於特殊型活用的助動詞。兩者雖活用不同，但意義相同，只是構成的句子有常體與敬體之分。

1 斷定助動詞「だ」、「です」的接續關係及其意義

接在體言（名詞、代名詞、數詞）下面，或接在動詞、部分助動詞＋の的下面，表示斷定。相當於中文的是，有時也譯不出。例如：

○それは事実《じじつ》だ（です）。

／那是事實。

○二《に》に三《さん》を足《た》すと五《ご》だ。

／二加三等於五。

○それを拾《ひろ》ったのは彼《かれ》だ（です）。

／撿到那個的是他。

○こうして本《ほん》ができるのだ。

／這樣做出了書。

○それで私《わたし》がやってきたのだ。

／因此我來了。

上述句子裡的綠字都是**斷定助動詞**。

形容詞下面可以直接接です，表示把話講得莊重規矩一些，但不能在下面直接接だ。有時可以接のだ，來表示**原因**或**命令**等。例如：

○少《すこ》し寒《さむ》いです（×寒《さむ》いだ）。

／有些冷。

○寒《さむ》いから、窓《まど》をしめたのだ。

／因為冷所以把窗子關上了。

但用だろう、でしょう表示推量時，可直接接在動詞、形容詞、部分助動詞下面，不再用の。

○彼《かれ》はすぐやってくるだろう（でしょう）。
／他應該很快就會來。

○このごろお忙《いそが》しいでしょう（だろう）。
／最近很忙吧。

○明日《あした》帰《かえ》られないだろう。（でしょう）
／明天回不來吧。

○あなたはよく褒《ほ》められるだろう（でしょう）。
／你經常受表揚吧。

○今《いま》は冬《ふゆ》ですから、富士山《ふじさん》は登《のぼ》れないでしょう。
／現在是冬天，不能爬富士山吧。

2 「だ」「です」的活用及用法

「だ」「です」的活用表

基本形	接續變化	第一變化 未然形	第二變化 連用形	第三變化 終止形	第四變化 連體形	第五變化 假定形
だ	接在體言、動詞、助動詞＋の下面	だろ	だっ① で②	だ	（な）	なら
です	×	でしょ	でし① で②	です	（です）	×
主要後續詞		う	①た、たり ②中止	結句、そうだ、から、と、が、し等	ので、のに	（ば）

用例：

★未然形

○彼《かれ》はサッカーの選手《せんしゅ》だろう（でしょう）。

／他是足球選手吧。

○もうすぐ終《お》わるだろう（でしょう）。

／應該很快就結束了吧。

★連用形

○兄《あに》は前《まえ》は労働者《ろうどうしゃ》だった（でした）。

／哥哥從前是工人。

○父《ちち》は会社員《かいしゃいん》で、母《はは》は医者《いしゃ》だ（です）。

／父親是公司職員，母親是醫生。

★終止形

○彼《かれ》は物理学者《ぶつりがくしゃ》だ（です）。

／他是物理學家。

○もっとはやくやるのだ。（です）

／再快一點啊！

○それはなかなか面倒《めんどう》なのだ（です）。

／那是很麻煩的。

○日本製《にほんせい》だともっと高《たか》いのだ。（です）

／如果是日本製造，那要更貴的。

★連體形

な、です雖然是連體形，但下面不能接體言，只能用なので、なのに或ですので、ですのに。例如：

○休日《きゅうじつ》なので（ですので）、人出《ひとで》が多《おお》いです。

／因為是假日，所以街上人很多。

○もうすぐ時間《じかん》なのに（ですのに）、彼《かれ》はまだ来《き》ていません。

／時間就快到了，可是他還沒有來。

★假定形

なら下面可以接ば，但在會話裡經常省略，只用なら表示假定。

○李《り》さんならできないはずはありません。

／如果是小李，不會做不到的。

○日曜日《にちようび》なら父《ちち》は会社《かいしゃ》に出《で》ません。

／要是星期天，父親不會到公司去。

第五節 樣態助動詞そうだ、そうです

樣態助動詞そうだ、そうです，兩者意義完全相同，只是そうだ用在常體句子裡，而そうです用在敬體句子裡。

1 樣態助動詞「そうだ」「そうです」的接續關係及其意義

它們都接在動詞以及動詞型活用助動詞（如れる、られる、せる、させる）連用形的下面，也接在形容詞、形容動詞以及形容詞型活用的助動詞（如ない、たい）的語幹下面。表示眼前出現的情況、樣子、趨勢。或根據眼前的情況對事物進展進行的分析、推測。相當於中文的好像、要……等。例如：

○雨《あめ》が降《ふ》りそうだ（そうです）。

／好像要下雨了。

○崖《がけ》が崩《くず》れそうだ（そうです）。

／山崖好像要崩下來了。

○天井《てんじょう》が落《お》ちそうだ（そうです）。

／天花板要掉下來了。

○忙《いそが》しそうだ（そうです）。

／好像很忙似的。

○丈夫《じょうぶ》そうだ（そうです）。

／好像很結實。

○千《せん》メートル泳《およ》げそう（そうです）。

／好像能游一千公尺。

○彼《かれ》も知《し》らなさそうです（そうだ）。

／他好像也不知道。

②様態助動詞「そうだ」「そうです」的活用及用法

「そうだ」「そうです」活用表

基本形	接續變化	第一變化 未然形	第二變化 連用形	第三變化 終止形	第四變化 連體形	第五變化 假定形
そうだ	接動詞等連用形下，接形容詞、形動詞語幹等	そうだろ	そうだっ① そうで② そうに③	そうだ	そうな	そうなら
そうです		そうでしょ	そうでし①	そうです	×	×
主要後續詞		う	①た、たり ②中止 ③連用	結句、から、と、が、し等	たいごん、ので、のに	（ば）

用例：

★未然形

○大雨《おおあめ》が降《ふ》り出《だ》しそうだろう（そうでしょう）。

／要下起大雨了吧。

○いかにも丈夫《じょうぶ》そうだろう（でしょう）。

／好像很結實。

★連用形

○学校《がっこう》を出《で》たとき、大雨《おおあめ》が降《ふ》り出《だ》しそうだった（そうでした）。

／從學校出來的時候，像是要下起大雨似的。

○値段《ねだん》が安《やす》そうだった（そうでした）ので、買《か》ってきました。

／價格似乎很便宜，所以就買來了。

★終止形

○大雨《おおあめ》がやってきそうだ（そうです）。

／要下起大雨了。

○いかにもおいしそうだ（そうです）。

／好像很好吃似的。

★連體形

○それは倒《たお》れそうな家《いえ》だ。

／那是一棟要倒的房子。

○いかにもうれしそうな顔《かお》をしています。

／他臉上露出很高興的樣子。

★假定形

○嵐《あらし》がやってきそうなら、行《い》かなくてもいいでしょう。

／如果暴風雨要來的話，不去也沒關係吧。

そうだ、そうです雖然是形容動詞型活用的助動詞，但它們的否定形式，一般很少用「～そうではない」、「～そうではありません」，而要用「～そう（に）もない／～そう（に）もありません」，或者用「～そうにない／～そうにありません」，表示不像……。例如：

○その家《いえ》が倒《たお》れそうもない（そうもありません）。

／那棟房子不像是要倒了。

○雪《ゆき》が降《ふ》りそうにない（そうにありません）。

／好像不會下雪。

○そんなに忙《いそが》しそうにもない（そうにもありません）。

／好像也沒那麼忙。

第六節 傳聞助動詞そうだ、そうです

傳聞助動詞そうだ、そうです，兩者意義、用法相同，只是そうだ用在常體的句子裡語氣比較隨便；而そうです作為敬體的句子來用，語氣莊重。

そうだ、そうです兩者接在動詞、形容詞、形容動詞和助動詞せる、させる、れる、られる、ない、たい、た、だ等的終止形下面，表示傳聞，即用來敘述別人口中聽到的話或從各種形式的報導中（如報紙、廣播）得知的情況。相當於中文的聽說、據說。

它只有連用形「そうで」用來表示中止，以及終止形「そうだ（そうです）」結束句子或後續から等。

例如：

○入学試験《にゅうがくしけん》に通《とお》ったそうで、おめでとうございます。

／聽說你入學考試通過了，恭喜你啊！

○先生《せんせい》も出席《しゅっせき》するそうです。

／聽說老師也會參加。

○天気予報《てんきよほう》によると、明日《あした》は雨《あめ》が降《ふ》るそうです。

／據天氣預報講：明天下雨。

○桜《さくら》が咲《さ》いたそうだから、花見《はなみ》に行《い》きましょう。

／聽說櫻花開了，我們賞花去吧。

樣態助動詞「そうだ」與傳聞助動詞「そうだ」，兩者形態相同，但接續關係不同，意義也不同。樣態助動詞「そうだ」接在動詞連用形下或形容詞、形容動詞語幹下面，表示眼看出現的情況、樣子或推量。相當於中文的好像、要等。而傳聞助動詞「そうだ」接在動詞、形容詞、形容動詞等的終止形下面，表示聽說某種情況。相當於中文的聽說、據說等。例如：

○雨《あめ》が降《ふ》りそうだ。（樣態助動詞）

／好像要下雨了。

○雨《あめ》が降《ふ》るそうだ。（傳聞助動詞）
／聽說要下雨了。
○いかにも忙《いそが》しそうです。（樣態助動詞）
／好像很忙。
○このごろ忙《いそが》しいそうです。（傳聞助動詞）
／聽說最近很忙。

第七節 比況助動詞ようだ、ようです

比況助動詞ようだ、ようです兩者意義完全相同，只是ようだ用在常體的句子裡，而ようです則用在敬體的句子裡。

1 比況助動詞「ようだ」、「ようです」的接續關係及其意義——

(1) 接在「名詞＋の」、「この」、「その」、「あの」、「どの」等下面，

例如：

○花《はな》のようだ（ようです）。

／像花一樣。

○子供《こども》のようだ（ようです）。

／像小孩一樣。

○このようです（ようだ）。

／像這樣。

(2)接在動詞、形容詞、形容動詞以及大部分助動詞（不包括らしい、う、よう、まい、そうだ等）連體形下面。例如：

○喧嘩《けんか》するようだ（ようです）。

／好像吵架。

○おもしろいようだ（ようです）。

／好像很有趣。

○知《し》らないようだ（ようです）。

／好像不知道。

○叱《しか》られたようだ（ようです）。

／好像被罵了。

表示下面幾種含義：

①**表示比喩**

相當於中文的像、好像等。

○二人《ふたり》は兄弟《きょうだい》のようです。

／兩個人像兄弟似的。

○彼《かれ》は暗誦《あんしょう》するように答《こた》えました。

／他像背誦似地回答了。

②表示不是十分肯定的推斷

相當於中文的好像、要、似乎。

○雨《あめ》がすぐあがるようです。

／雨好像就要停了。

○どうもよく知《し》らないようです。

／（他）好像不大知道似地。

○もう完成《かんせい》したように思《おも》われます。

／我想似乎已經完成了。

③表示舉例

即舉出一個例子，使人類推其他。相當於中文的像等。

○中村君《なかむらくん》のような人《ひと》は学生《がくせい》の手本《てほん》です。

／像中村同學那樣的人是學生模範。

○東京《とうきょう》のような大都会《だいとかい》はみな公害《こうがい》に悩《なや》んでいます。

／像東京那樣的大城市，都有公害困擾。

④**構成其他慣用型**

要根據前後關係適當地譯成中文。

○このごろ弟《おとうと》も勉強《べんきょう》するようになりました。

／最近弟弟也用功起來了。

○風《かぜ》が入《はい》るように窓《まど》を開《あ》けなさい。

／把窗子打開，讓風進來。

○遅《おく》れないようにはやく行《い》きましょう。

／快點去吧！不要晚了。

2 比況助動詞「ようだ」「ようです」的活用及用法

「ようだ」「ようです」的活用表

基本形	ようだ	ようです	主要後續詞
接續變化	接「名詞＋の」下面以及用言、助動詞連體形下面		
第一變化 未然形	ようだろ	ようでしょ	う
第二變化 連用形	ようだっ① ようで② ように③	ようでし① ようで② ように③	①た、たり ②中止 ③連用
第三變化 終止形	ようだ	ようです	結句、から、と、が、し、けれども 等
第四變化 連體形	ような	×	体言、ので、のに 等
第五變化 假定形	ようなら	×	（ば）

用例：

★未然形

○函館《はこだて》の夜景《やけい》は言葉《ことば》では言《い》い表《あらわ》せないほどきれいだった。そうだ！まるで宝石《ほうせき》のようだろう。

／函館的夜景美得無法用言語形容。對了！就好像寶石那樣吧！

★連用形

○まるで春《はる》のようで、暖《あたた》かかった。

／簡直像春天一樣，很暖和。

○あの人《ひと》は日本人《にほんじん》のように上手《じょうず》に日本語《にほんご》を話《はな》せます。

／他和日本人一樣，日語講得很好。

★終止形

○雨《あめ》はもうすぐあがるようだ（ようです）。

／雨好像就要停了。

○甘《あま》くて砂糖《さとう》のようだ（ようです）。

／甜得像糖一樣。

★連體形

○彼《かれ》は子供《こども》のような顔《かお》をしています。

／他的面孔像個孩子。

○海《うみ》のような、青《あお》い湖水《こすい》。

／像海水一樣藍的湖水。

★假定形

有時將ば省略，只用なら也表示假定。例如：

○形《かたち》が犬《いぬ》のようならば、それは狼《おおかみ》だろう。

／形態如果像狗的話，那應該是狼。

○どうしてもだめなようなら、はやく諦《あきら》めなさい。

／如果都不成的話，還是早點放棄吧。

另外比況助動詞還有一個みたいだ，也表示好像、就像。例如：

○明《あか》るくてまるで昼《ひる》みたいだ。

／亮得像白天一樣。

○電車《でんしゃ》が飛《と》んでいるみたいだ。

／電車像在飛一樣。

但它是俗語的說法本書就不再進一步說明。

第八章　助動詞（三）——ます、た、う、よう、まい

ます、た是特殊活用形助動詞，而う、よう、まい是詞形不變型助動詞。

丁寧助動詞只有一個ます，它構成鄭重而規矩的句子，因此稱為丁寧助動詞。過去助動詞た，則表示某種動作、作用或某種狀態已經實現。

う、よう有人稱為推量助動詞，まい則有人稱之為否定推量助動詞，但是考慮う、よう現在用來表示推量的時候較少，而用來表示抑制、決心時較多，因此本書一併稱之為意志助動詞；まい也有表示抑制、決心的用法，因此本書將之稱為否定意志助動詞。

第一節 丁寧助動詞ます

①丁寧助動詞「ます」的接續關係及其意義

有的學者譯作中文時稱之為鄭重助動詞，也有的學者將它劃分於尊敬助動詞裡，但它和尊敬助動詞「れる」、「られる」的意義、用法完全不同。因此本書作為丁寧助動詞來加以說明。

它接在動詞或動詞型助動詞「れる」、「られる」、「せる」、「させる」的連用形下面，構成敬體的句子，起一個把話講得規矩一些、莊重一些的作用。在中文裡一般不譯出。例如：

読《よ》む→読《よ》みます

起《お》きる↓起《お》きます

来《く》る↓来《き》ます

叱《しか》られる↓叱《しか》られます

食《た》べられる↓食《た》べられます

行《い》かせる↓行《い》かせます

看一看它們的使用情況：

○毎日新聞《まいにちしんぶん》を読《よ》みます。

／每天看報。

○もうすぐ来《き》ます。

／立刻就來。

○李《り》さんはときどき褒《ほ》められます。

／小李經常受表揚。

○王《お》さんに行《い》かせましょう。

／讓小王去吧。

ます接在特殊五段活用動詞なさる、くださる、いらっしゃる、おっしゃる的連用形下面時，它們的連用形り要音便成為い。即：

なさる→なさります→なさいます

くださる→くださります→くださいます

いらっしゃる→いらっしゃります→いらっしゃいます

おっしゃる→おっしゃります→おっしゃいます

看一看它們的使用情況：

○山田先生《やまだせんせい》はいらっしゃいますか。

／山田老師在嗎？

○野村先生《のむらせんせい》はそうおっしゃいました。

／野村老師這麼說了。

○牧先生《まきせんせい》が教えてくださいました。

／牧老師教給我了。

②「ます」的活用及其用法

「ます」的活用表

基本形	接續變化	第一變化 未然形	第二變化 連用形	第三變化 終止形	第四變化 連體形	第五變化 假定形	第六變化 命令形
ます	接在動詞、動詞型助動詞連用形下	ませ① ましょ②	まし	ます	ます	ますれ	ませ まし
主要後續詞		①ぬ(ん) ②う	た、たり、て、ても、ては等	結句、まい、と、から、が、し、な、か等	体言、ので、のに等	ば	／

用例：

★未然形

表示否定時在ませ下面接否定助動詞ぬ形成ませぬ，但一般寫作ません。

○彼《かれ》は来《き》ません。

／他不來。

○一緒《いっしょ》に行《い》きましょう。

／我們一塊去吧！

★連用形

○寒《さむ》くなりましたね。

／天冷了起來了啊！

○東京《とうきょう》へ参《まい》りまして、もう二年《にねん》になりました。

／來到東京已經兩年了。

★終止形

○ありがとうございます。

／謝謝了！

○日曜日《にちようび》うちにおりますから、遊《あそ》びにいらっしゃい。

／星期天我在家，您來玩吧。

★連體形

由於動詞作連體形修飾語時，多用該動詞的連體形，因此不常用ます的連體形來修飾體言，只有在講演或使用敬語來發表談話時，偶爾用ます的連體形。例如：

○東京《とうきょう》においでになります時《とき》、お伴《とも》いたします。

／您到東京的時候，我會陪您。

○あそこに見《み》えますのが、議事堂《ぎじどう》でございます。

／在那邊看到的是議會大廈。

○相手《あいて》には英語《えいご》がわかりますので、英語《えいご》で話《はな》しました。

／由於對方懂英語，所以我用英語講了。

★假定形

ますれば也較少用，多用ましたら來代替它。

○明日《あした》行《い》きましたらわかるでしょう。

／明天去就知道了。

★命令形

ませ、まし只接ラ行五段特殊行動詞，如なさる、いらっしゃる、くださる、おっしゃる等下面。例如：

〇はやくおかえりなさいませ。

／請早點回來！

〇明日《あした》いらっしゃいませ。

／請明天來！

第二節 過去助動詞た

1 過去助動詞「た」的接續關係及其意義

た接在動詞、形容詞、形容動詞、助動詞（但不與助動詞ぬ、う、よう、まい等相連接）的連用形下面，其中接在部分五段活用動詞的連用形下面時，要發生音便。例如：

○私《わたし》はそれを王《おう》さんに話《はな》した。

／我把那事告訴了小王。

○父《ちち》は日本《にほん》へ行《い》った。

／父親到日本去了。

○弟《おとうと》は先生《せんせい》に褒《ほ》められた。

／弟弟受到了老師的表揚。

○昨夜《ゆうべ》とても寒《さむ》かった。

／昨晚很冷。

○二《に》、三年前《さんねんまえ》、交通《こうつう》は非常《ひじょう》に不便《ふべん》だった。

／兩三年前，交通很不方便。

○昨夜《ゆうべ》よく眠《ねむ》れなかった。

／昨晚沒有睡好。

它有下面幾種含義：

①表示過去

即過去進行的動作、活動或過去的狀態。例如：

○今朝《けさ》は五時《ごじ》に起《お》きた。

／今天早上五點起床。

○昨日《きのう》小学校《しょうがっこう》の友達《ともだち》に会《あ》いました。

／昨天我見到了小學的朋友。

○昨日《きのう》忙《いそが》しかったよ。

／昨天很忙。

②**表示**動作的完了

相當於中文的了。

○研究《けんきゅう》が完成《かんせい》した。

／研究成功了。

○もう書《か》き終《お》わりました。

／已經寫完了。

③**表示**動作結果的繼續存在**或**動作後的狀態

這時多作為連體形修飾語來用，與「～ている」、「～てある」的意思相同。例如：

○眼鏡《めがね》をかけた先生《せんせい》。

／戴眼鏡的老師。

○壁《かべ》にかけた絵《え》。

／掛在牆上的畫。

○和服《わふく》を着《き》た女《おんな》の先生《せんせい》。

／穿和服的女老師。

○太《ふと》ったおじさん。

／胖爺爺。

「た」的活用表

基本形	接續變化	第一變化 未然形	第二變化 連用形	第三變化 終止形	第四變化 連體形	第五變化 假定形
た	接動詞、形容詞、形容動詞、部分助動詞連用形下面	たろ	×	た	た	たら
主要後續詞		う	×	らしい、そうだ、から、が、けれども、と等	体言、ようだ、ので、のに等	ば

用例：

★未然形

○お疲《つか》れになったろう（なっただろう）。

／您累了吧。

這一推量形用法常用「～ただろう」來代替「～たろう」。

★沒有連用形

★終止形

○昨日《きのう》大変《たいへん》暑《あつ》かった。

／昨天很熱。

○彼《かれ》はもうわかったらしい。

／他好像已經懂了。

★連體形

○この前《まえ》行《い》った時《とき》、彼《かれ》に会《あ》いました。

／上次去的時候，我見了他。

○随分《ずいぶん》歩《ある》いたので、疲《つか》れました。

／因為走了好久，走累了。

★假定形

○雨《あめ》が降《ふ》ったらはやく帰《かえ》ってきなさい。

／要是下了雨，就快回來！

○安《やす》かったら買《か》いましょう。

／要是便宜就買吧！

第三節　意志助動詞う、よう、まい

1 意志助動詞「う」「よう」

(1)「う」「よう」的接續關係及其意義

有的學者將う、よう稱作推量助動詞，和らしい畫為一類，但這樣一來，很容易混淆，う、よう和らしい毫無相似之處，因此本書稱之為意志助動詞。

う接在五段活用動詞、形容詞、形容動詞、助動詞「た」、「たい」、「ます」、「だ」、「です」的未然形下面；よう接在五段活用以外的動詞、助動詞「れる」、「られる」、「せる」、「させる」的未然形下面。例如：

行《い》く↓行《い》こう
寒《さむ》い↓寒《さむ》かろう
静《しず》かだ↓静《しず》かだろう
降《ふ》った↓降《ふ》ったろう
買《か》いたい↓買《か》いたかろう
富士山《ふじさん》↓富士山《ふじさん》だろう
起《お》きる↓起《お》きよう
勉強《べんきょう》する↓勉強《べんきょう》しよう
来《く》る↓来《こ》よう
行《い》かせる↓行《い》かせよう
反対《はんたい》される↓反対《はんたい》されよう
上述連語中う、よう都是意志動詞。

它們表示下面幾種含義：

①**表示**說話者的意志、決心。主語一**般是**我、我們。

○これを君《きみ》にあげよう。

／這個送給你吧！

○じゃ、私《わたし》がやってみよう。

／那麼我做做看。

②**表示勸誘，用來**勸誘對方或徵求對方同意。

○一緒《いっしょ》に帰《かえ》ろう。

／一塊兒回去吧！

○一休《ひとやす》みしよう。

／休息一會兒吧！

③**表示對**客觀事物的推量。

○今度《こんど》の試験問題《しけんもんだい》も難《むずか》しかろう。

／這次的考題很難吧。

○先生《せんせい》はすぐ来《こ》よう。

／老師立刻就會來的吧。

(2)「う」、「よう」的活用及用法

う、よう只有終止形和連體形。

★終止形

○もっとはやくやろう。

／快點做吧！

○もう一回練習《いっかいれんしゅう》しよう。

／再練一回吧！

う、よう的終止形下面可以後續「～とする」構成「～うとする」或「～ようとする」，表示某種動作即將開始或某種情況即將出現。相當於中文的要、即將。

○戦争《せんそう》が始《はじ》まろうとしている。

／戰爭即將開始。

○相手《あいて》はもう逃《に》げようとしている。

／對方就要逃跑了。

○切符《きっぷ》を買《か》おうとする人《ひと》が沢山《たくさん》並《なら》んでいた。

／排了很多要買票的人。

★連體形

雖有連體形，但下面只能接こと、もの、はず、ところ等一部分形式名詞，不能接其他的體言，用來把話講得緩和一些。例如：

○何《なに》か食《た》べようものなら、すぐ吐《は》いてしまう。

／只要吃點什麼東西，馬上就吐出來。

○そんなことがあろうはずがない。

／不會有那樣的事。

② 意志助動詞「まい」

(1)「まい」的接續關係及其意義

まい的接續關係比較複雜。

①**接在**五段活用動詞**及**助動詞「たがる」、「ます」**的**終止形**下面**。

行《い》く→行《い》くまい

帰《かえ》る↓帰《かえ》るまい

行《い》きたがる↓行《い》きたがるまい

読《よ》みます↓読《よ》みますまい

②接在上一段動詞、下一段動詞、助動詞「せる」、「させる」、「れる」、「られる」**的**未然形**下面。例如：**

見《み》る↓見《み》まい

出《で》掛《か》ける↓出《で》掛《か》けまい

やらせる↓やらせまい

叱《しか》られる↓叱《しか》られまい

③接在「する」、「来《く》る」**的**未然形**下面。例如：**

する↓しまい

来《く》る↓来《こ》まい

它表示下面幾種含義：

1表示否定的意志，即「（自己）不……」，相當於中文的「不……」。例如：

○もう泣《な》くまい。

／我不再哭。

○これから決《けっ》してこんな誤《あやま》りを繰《く》り返《かえ》すまい。

／今後決不重複這種錯誤。

○私《わたし》は二度《にど》とこんなことをしまい。

／我不再做這種事。

2表示否定的勸誘，即規勸對方「不要……」。

○そんなことを言《い》うまい。

／別說那種話！

○そんなに考《かんが》えますまい。

／不要那麼想！

3表示否定推量，即推量不會出現某種情況，相當於中文的「不會……吧」。

○天気《てんき》は悪《わる》くなるまい。

／天氣不會變壞吧。

〇まだ花《はな》は散《ち》るまい。

／櫻花還不會謝吧。

★終止形

〇この件《けん》については君《きみ》にはわかるまい。

／這件事，你大概不會理解吧！

〇今日《きょう》のうちに終《お》わりますまい。

／今天內做不完的吧。

★連體形

不常使用，只在下面接こと、もの等極少數的形式名詞時使用。

〇努力《どりょく》すれば成功《せいこう》しまい（＝成功《せいこう》しない）ことはない。

／努力的話，沒有做不成功的事情。

〇役《やく》に立《た》つまい（＝立《た》たない）ものは買《か》わなくてもいい。

／沒用的東西也可以不買。

第九章 副詞、連體詞

第一節　副詞

1 什麼樣的詞是副詞

屬於自立語而無活用，單獨構成連用修飾文節；修飾下面的用言或副詞，用來說明用言或副詞的狀態、程度的詞，則是副詞。例如：

○北風《きたかぜ》がピューピューと吹《ふ》きます。
／北風呼呼地吹。

○春雨《はるさめ》が静《しず》かに降《ふ》ります。
／春雨靜悄悄地下。

○空《そら》がすっかり晴《は》れました。
／天空全放晴了。

○今日《きょう》は少《すこ》し涼《すず》しいです。

／今天涼爽一些。

上述句子裡的綠字都是無活用、單獨構成連用修飾文節修飾下面用言，表示下面用言的狀態、程度的詞，因此都是副詞。

2 副詞的分類

大致可以分為以下幾種：

(1) 情態副詞

是進一步充實後續用言意義的副詞，所修飾的用言多是動詞，即深入表示這些動作的意義。進一步可分為：

①擬聲、擬態**的副詞**。**例如：**

○にっこり笑《わら》う。

／微微一笑。

○はっきり言《い》う。

／清清楚楚地說。

○ぼんやり見《み》る。
／呆呆地看。
○わっと泣《な》き出《だ》す。
／哇地哭了起來。
○がらがらと戸《と》をあける。
／嘩啦地拉開了門。

②表示時間長短**的副詞。例如：**

○すぐ出掛《でか》ける。
／立刻出發。
○じき帰《かえ》る。
／立刻回去。
○ちょっと待《ま》ってくれ。
／稍等一下。
○早速《さっそく》行《い》ってくれ。
／趕快去。

③**表示動作情況、進展情況的副詞。例如：**

○くりかえしくりかえし注意《ちゅうい》する。

／反覆注意。

○みるみる小《ちい》さくなる。

／眼看變小了。

○かわるがわる意見《いけん》を発表《はっぴょう》する。

／輪流發表意見。

○結局《けっきょく》失敗《しっぱい》した。

／結果失敗了。

(2)程度副詞

是表示達到某種程度的副詞。這時所修飾的用言多是形容詞、形容動詞或表示狀態的動詞。例如：

○大変《たいへん》寒《さむ》い。

／很冷。

○大層《たいそう》暑《あつ》い。
／很熱。

○ごくやさしい。
／很容易。

○かなり面倒《めんどう》だ。
／相當麻煩。

○よほど便利《べんり》だ。
／很便利。

○あまり多《おお》すぎる。
／過多了。

○少《すこ》し痩《や》せている。
／稍稍瘦一點。

○ちょっと遅《おく》れた。
／稍晚了一點。

此外，某些副詞也可以修飾副詞。詳見本節3 p.302。

這些程度副詞中，有的（不是全部）可以在下面接の作連體修飾語用，也可以在下面接續だ、です等作述語來用。例如：

○ちょっとの間違《まちが》い。

／一點點的錯誤，小錯。

○かなりの距離《きょり》。

／相當遠的距離。

○大変《たいへん》だ。

／不得了啦。

(3) 敘述副詞

也有學者稱之為陳述副詞。它是敘述性質的副詞，也就是明確表示所敘述的是肯定還是否定，是推量、疑問還是假設等，因此使用這類副詞時，下面要出現與之相呼應的詞或述語。從它們呼應情況來看，有以下幾種：

①**與肯定、積極的述語相呼應**

○私《わたし》もきっと出席《しゅっせき》します。

／我也一定參加。

○六時《ろくじ》に必《かなら》ず参《まい》ります。

／六點一定去。

○ぜひ見《み》に行《い》きたいです。

／我無論如何也想去看一看。

○もちろんそうすることは私《わたし》たちの義務《ぎむ》です。

／當然這麼做是我們的義務。

○彼《かれ》が当然責任《とうぜんせきにん》を負《お》うべきです。

／他當然要負責任。

②與否定、消極述語相呼應

○決《けっ》して嘘《うそ》をつきません。

／絕不說謊。

○到底許《とうていゆる》せることではありません。

／無論如何，是不能原諒的。

○さっぱりわかりません。

／完全搞不懂。

○こんなことはめったにありません。
／這種事情是不常有的。
○そんなことはちっとも知《し》りません。
／那種事，我完全不清楚。
○新聞《しんぶん》はまだ来《き》ていません。
／報紙還沒有送來。
○あちらのことはまるで知《し》りません。
／那邊的事情，我完全不清楚。
○大《たい》して寒《さむ》くありません。
／不大冷。
○少《すこ》しも覚《おぼ》えていません。
／一點也不記得。
○彼《かれ》は必《かなら》ずしもそうとは思《おも》いません。
／他不一定那麼想。
○字《じ》の読《よ》めない人《ひと》は殆《ほとん》どいません。
／幾乎沒有不識字的人。

○さっぱり忘《わす》れてしまいました。
／完全忘記了。

但有些副詞既可以與下面的積極肯定的詞語相呼應，也可以與消極否定的詞語相呼應，表示不同的意思。例如：

●まったく

○あなたの考《かんが》えはまったく正《ただ》しいです。
／你的想法完全正確。

○こんな地図《ちず》はまったく役《やく》に立《た》ちません。
／這種地圖一點也派不上用場。

●なかなか

○去年《きょねん》の冬《ふゆ》はなかなか寒《さむ》かったですね。
／去年的冬天真冷啊！

○この問題《もんだい》は難《むずか》しくてなかなか解《と》けません。
／這個問題難得很，很不容易解決。

●あまり

○あまり嬉《うれ》しかったので涙《なみだ》が出《で》てきました。

／由於太高興了，流下了眼淚。

○私《わたし》は彼《かれ》をあまり知《し》りません。

／我不太了解他。

●とても

○とてもきれいなところですね。

／真是美麗的地方啊！

○とてもそんなことはできません。

／那種事情我無論如何也做不到。

③與表示推量的述語相呼應

○たぶん六時《ろくじ》に帰《かえ》ってくるでしょう。

／大概六點回來吧。

○おそらく誰《だれ》もできないでしょう。

／恐怕沒有人會吧。

○まさか明日《あした》雨《あめ》が降《ふ》ることはないでしょう。

／明天不會下雨吧。

○彼《かれ》はきっと来《く》るに違《ちが》いない。

／他一定會來的吧。

○もしかしたら雨《あめ》が降《ふ》るかもしれない。

／說不定會下雨。

○ひょっとしたら彼《かれ》はこの世《よ》にいないかもしれない。

／也許他不在人世了。

④與表示相像的詞語相呼應

○まるで子供《こども》のようです。

／簡直像一個小孩子。

○ちょうど花《はな》のように美《うつく》しいです。

／簡直像花兒一樣美麗。

○あの雲《くも》はあたかも虎《とら》のような形《かたち》をしています。

／那朵雲的形狀恰似老虎一樣。

⑤與願望或請求的述語相呼應

○どうか、お金《かね》を少《すこ》し貸《か》してください。

／請借我一點錢！

○どうぞ、お入《はい》りください。

／請進！

○ぜひおいでください。

／請您務必來一趟。

⑥與假定條件相呼應

○もし雨《あめ》が降《ふ》ったら、もう行《い》かないことにします。

／如果下雨，就不去了。

○かりに私《わたし》が男《おとこ》だったら、その仕事《しごと》を喜《よろこ》んでしていたでしょう。

／如果我是男人的話，我很樂意做那份工作。

○万一《まんいち》失敗《しっぱい》したらどうしよう。

／萬一失敗了，怎麼辦？

○たとえ苦《くる》しくても頑張《がんば》ります。

／即使痛苦，我也堅持到底。

○いくら足《あし》が速《はや》くても馬《うま》には敵《かな》わないでしょう。

／即使跑得再快，也快不過馬吧。

此外還有與疑問述語相呼應的副詞，則不再舉例。

3 修飾副詞的副詞

有的程度副詞不僅可以修飾用言，還可以修飾副詞。例如：

●もっと

○もっと急《いそ》ぎなさい。

／再走快點。

○もっとゆっくり言《い》ってください。

／再說慢點！

●ずっと

○ずっときれいです。

／很乾淨。

○ずっとはっきり見《み》えます。

／看得非常清楚。

● 大層《たいそう》

○大層《たいそう》面白《おもしろ》いです。

／很有意思。

○大層《たいそう》呑気《のんき》に遊《あそ》んでいます。

／玩得很悠閒。

● とても

○とてもきれいです。

／真乾淨。

○とても熱心《ねっしん》に勉強《べんきょう》します。

／非常集中精力地學習。

上述句子中，每個副詞前一個例句修飾用言，後一個則是修飾副詞。

４修飾體言（名詞、代名詞、數詞）的副詞

副詞本來是修飾用言（動詞、形容詞、形容動詞）的，但有些副詞，不但修飾用言，還可以修飾體言。例如：

○もっと右《みぎ》です。

／更右邊一些。

○それはずっと昔《むかし》の話《はなし》です。

／那是很早以前的事情。

○大層遠方《たいそうえんぽう》に見《み》えます。

／看起來在很遠的地方。

○部屋《へや》は約八平方《やくはちへいほう》メートルです。

／房間約有八平方公尺。

上述句子中的綠字都是修飾體言的。但もっと、ずっと、大層《たいそう》只限於修飾有關場所、方向、時間等；而約《やく》只限於修飾數詞。

5 名詞、數詞轉用為副詞

有些表示時間的名詞（如去年《きょねん》、今年《ことし》、来年《らいねん》、今月《こんげつ》、来月《らいげつ》、昨日《きのう》、今日《きょう》、明日《あした》、今朝《けさ》、今晚《こんばん》等）和數詞（如一人《ひとり》、二《ふた》つ、三冊《さんさつ》、五本《ごほん》）等可以作為副詞來用，修飾下面的用言。

例如：

○昨日《きのう》ハイキングに行《い》きました。

／昨天去郊遊了。

○兄《あに》は今年《ことし》大学《だいがく》を卒業《そつぎょう》しました。

／哥哥今年大學畢業了。

○昨夜《ゆうべ》よく眠《ねむ》れませんでした。

／昨晚沒有睡好覺。

○今朝《けさ》おじいさんが田舎《いなか》から来《き》ました。

／今天早上爺爺從鄉下來了。

○この本《ほん》を翻訳《ほんやく》するのに二十日間《はつかかん》かかりました。

／用了二十天翻譯這本書。

○私《わたし》には弟《おとうと》が二人《ふたり》います。
／我有兩個弟弟。
○本《ほん》を三冊《さんさつ》買《か》いました。
／買了三本書。

上述句子裡的昨日《きのう》、今年《ことし》、昨夜《ゆうべ》、今朝《けさ》都是時間名詞，在這裡作副詞來用；而二十日間《はつかかん》、二人《ふたり》、三冊《さんさつ》都是數詞，也作了副詞來用。

⑥形容詞、形容動詞轉用為副詞

由形容詞的連用形く、形容動詞連用形に構成的連語，都可以作為副詞來用，修飾下面的用言。例如：

○はやく行《い》きましょう。
／快點去吧！
○ひどく暑《あつ》かったですよ。
／熱得很啊！

○おそろしくはやいです。

／快得很。

○北風《きたかぜ》は激《はげ》しく吹《ふ》いています。

／猛烈地颳著北風。

○珍《めずら》しく静《しず》かなところだ。

／是一個少有的安靜之處。

上述句子裡的綠字分別是はやい、ひどい、おそろしい、激《はげ》しい、珍《めずら》しい的連用形作副詞來用。

○ばかに遅《おそ》いですね。

／太晚了。

○きれいに掃除《そうじ》しました。

／打掃得很乾淨。

○立派《りっぱ》にできました。

／做得很漂亮。

○見事《みごと》に相手《あいて》の質問《しつもん》に答《こた》えました。

／出色地回答了對方提出的問題。

上述句子裡的綠字分別是形容動詞ばかだ、きれいだ、立派《りっぱ》だ、見事《みごと》だ的連用形，在這裡作副詞用了。

第二節 連體詞

1 什麼樣的詞是連體詞

屬於自立語而沒有活用，置於體言上面用來修飾體言的詞是連體詞，即修飾限定體言且沒有活用的詞。例如：

○この部屋《へや》は寝室《しんしつ》です。

／這間房是寢室。

○あの方《かた》は田中《たなか》さんです。

／那位是田中先生。

○ある日《ひ》、おじいさんは山《やま》の中《なか》へ入《はい》りました。

／某一天，老爺爺進到山裡去了。

○これはわが国《くに》の特産品《とくさんひん》です。

／這是我國的特產。

○世界《せかい》のあらゆる国《くに》から観光客《かんこうきゃく》がやってきました。

／從世界各國來了觀光客。

○七十年代《ななじゅうねんだい》に入《はい》っていわゆる新三種《しんさんしゅ》の神器《じんぎ》というものが出《で》てきました。

／進入七十年代出現了所謂新三種寶物。

上述句子裡的綠字都是修飾體言的詞，但它們和動詞、形容詞等不同，都沒有活用，只能這樣置於體言前面作連體修飾語使用，因此都是連體詞。

2 連體詞的類型

連體詞的範圍，由於學者的畫分方法不同，大小也不同。一般來說大致有下面幾種：

(1) 由代名詞詞頭「こ」、「そ」、「あ」、「ど」構成的連體詞。例如：

○この部屋《へや》。

／這個房間。

○その家《いえ》。
／那棟房子。
○あの町《まち》。
／那個街道。
○どの電車《でんしゃ》。
／哪個電車。
○こんな時《とき》。
／這種時候。
○そんなところ。
／那種地方。
○あんなこと。
／那種事情。
○そんな結果《けっか》。
／那種結果。

(2)由形容詞轉化來的連體詞。例如：

○小《ちい》さな川《かわ》。
／小河。
○大《おお》きな町《まち》。
／大街道。
○おかしな人《ひと》。
／可笑的人。
○色々《いろいろ》なもの。
／各式各樣的東西。

關於「小《ちい》さな」、「大《おお》きな」、「おかしな」，也有學者認為是特殊形容動詞的連體詞。

(3)與動詞連體形相同的連體詞

○ある町《まち》。
／某個街道。
○去《さ》る四月《しがつ》。
／去年四月。

○来《きた》る二十日《はつか》。

／下個月二十號。

○あくる年《とし》。

／第二年，翌年。

○かかる奇蹟《きせき》。

／這樣的奇蹟

○あらゆる学校《がっこう》。

／所有的學校。

○いわゆる三種《さんしゅ》の神器《じんぎ》。

／所謂的三種寶。

(4)與動詞過去式連體形相同的連體詞。例如：

○大《たい》した事件《じけん》。

／大事件。

○とんだこと。

／意想不到的事情。

○大《だ》それた考《かんが》え。

／狂妄的念頭。

另外還有わが家《や》的わが、ほんの五分間《ごふんかん》的ほん等也都是連體詞。

除此之外有的學者將「ずっと昔《むかし》」的「ずっと」、「もっと前《まえ》」的「もっと」、「少《すこ》し右《みぎ》」的「少《すこ》し」、「かなり北《きた》」的「かなり」等修飾時間、位置的副詞也作為連體詞來看，本書則將它們作為副詞做了說明。

第十章　接續詞、感動詞

第一節 接續詞

1 什麼樣的詞是接續詞

構成文節，有承上啟下作用的詞叫接續詞。例如：

○朝七時《あさしちじ》に家《いえ》を出《で》ました。そして電車《でんしゃ》に乗《の》って学校《がっこう》へ来《き》ました。

／早上七點從家裡出門，然後坐電車到學校來了。

○朝七時《あさしちじ》に家《いえ》を出《で》ました。けれども、電車《でんしゃ》に乗《の》り遅《おく》れました。

／早上七點從家裡出門，但是沒有趕上電車。

○朝七時《あさしちじ》に家《いえ》を出《で》ました。それで学校《がっこう》に着《つ》いたのは八時前《はちじまえ》でした。

／早上七點從家裡出門，因此是在八點以前到學校。

上述句子裡的綠字，既不是主語文節、述語文節，也不是修飾語文節，而是一個獨立文節，起一個將前後兩個句子連接起來的作用，這樣的詞則是接續詞。

2 接續詞的用法

(1) 連接兩個句子（或兩個分句）

即用在後一分句（子句）的句首，起一個承上啟下的作用。例如：

○空《そら》は晴《は》れています。けれども波《なみ》は高《たか》いです。
／天很晴朗，但波浪很大。

○昨日《きのう》は病気《びょうき》でした。だから学校《がっこう》を休《やす》みました。
／昨天生病，因此沒有上學。

○彼《かれ》は英語《えいご》もできるし、また日本語《にほんご》も達者《たっしゃ》です。
／他既會英語，另外日語也很熟練。

○その店《みせ》は物《もの》の値段《ねだん》も安《やす》くて、その上品物《うえしなもの》もいいです。
／那家商店東西價錢便宜，並且東西也好。

○午前《ごぜん》には中山《なかやま》さんが訪《たず》ねてきて、それから午後《ごご》には野村《のむら》さんがきました。
／上午中山小姐來了，接著下午野村先生來了。

上述句子裡，綠字的部份都是接續詞，其中けれども、だから連接了兩個句子，有承上啟下的作用；而また、その上《うえ》、それから連接了兩個分句，構成了一個整個句子。

(2)用來連接各種文節

如連續主語文節、述語文節、修飾語文節等。例如：

○京都《きょうと》及《およ》び奈良《なら》は日本《にほん》の古《ふる》い都《みやこ》です。

／京都和奈良是日本的古都。

○東京《とうきょう》並《なら》びに大阪《おおさか》を見物《けんぶつ》しました。

／遊覽了東京和大阪。

○孫《そん》さんはまじめでその上《うえ》よく勉強《べんきょう》する学生《がくせい》です。

／小孫是一個認真並且努力學習的學生。

第一個句子裡的及《およ》び連接了主語文節；第二個句子裡的並《なら》びに連接了客語文節；第三個句子裡的その上《うえ》連接了連體修飾語文節。

從接續詞所表示的意義進行分類，大致有以下幾種：

3 接續詞的分類

從接續詞所表示的意義進行分類，大致有以下幾種：

(1) 表示並列添加的接續詞

這樣的接續詞常用的有「そして」、「それから」、「それに」、「その上《うえ》に」、「また」等。大致相當於中文的「和」、「及」、「以及」、「並且」、「加上」、「接著」、「然後」等。例如：

○父《ちち》の楽《たの》しみはお茶《ちゃ》を飲《の》み、そして新聞《しんぶん》を読《よ》むことです。

／父親的興趣是喝茶跟看報。

○ちょっと封筒《ふうとう》を買《か》ってきてください。それから切手《きって》も。

／請買些信封來，然後也買些郵票。

○昨日《きのう》は日曜日《にちようび》で、その上《うえ》、天気《てんき》も良《よ》かったので、どこにも人《ひと》が大勢《おおぜい》いました。

／昨天是星期天，再加上天氣又好，因此到處都是人。

(2)表示選擇的接續詞

常用的有「あるいは」、「それから」、「もしくは」等。相當於中文的「或者」、「還是」等。

○父《ちち》は来週《らいしゅう》大阪《おおさか》もしくは神戸《こうべ》へ出張《しゅっちょう》します。

／下星期父親會到大阪或是神戸出差。

○あなたが行《い》きますか、それとも孫《そん》さんが行きますか。

／是你去還是小孫去呢？

○私《わたし》は英語《えいご》またはドイツ語《ご》を勉強《べんきょう》したいと思《おも》います。

／我也想學英語或是德語。

(3)表示順態的接續詞

常用的這類接續詞有「それで」、「そこで」、「そ（う）して」、「そ（う）したら」、「そ（う）すると」、「それでは」、「だから」、「ですから」等。大致相當於中文的「因此」、「所以」、「那麼」等。例如：

○毎晩《まいばん》遅《おそ》くまで起《お》きているでしょう。ですから、朝眠《あさねむ》くて起《お》きられないんです。

／你每天晚上到很晚都還醒著吧！所以早上才覺得睏，起不來。

○昨晩《ゆうべ》は疲《つか》れていて、とても眠《ねむ》かったのです。そこでお風呂《ふろ》に入《はい》ってからすぐ寝《ね》てしまいました。

／昨晚上又累又睏，因此洗了澡立刻就睡了。

○どうすればよいのか、僕《ぼく》一人《ひとり》ではわかりません。それでご相談《そうだん》に伺《うかが》ったのですが。

／怎麼辦才好，我自己一個人搞不清楚，所以才到您這兒來和您商量一下。

(4) 表示逆態接續的接續詞

常用的這類接續詞有「けれど（も）」、「（それ）でも」、「しかし」、「しかしながら」、「ところが」等。相當於中文的「可是」、「但是」等。

○今日《きょう》は日曜日《にちようび》です。けれども学校《がっこう》へ行《い》かなければなりません。

／今天是星期天，但也得到學校去。

○昨晩《ゆうべ》頭《あたま》が痛《いた》くて、はやく寝《ね》てしまいました。でも、宿題《しゅくだい》はやりました。

／昨天晚上因為頭痛，很早就睡了。不過我有寫作業。

○李君《りくん》は頭《あたま》のいい学生《がくせい》です。しかしあまり勉強《べんきょう》しないのです。

／小李是個聰明的學生，但是不太用功。

(5)表示轉換話題的接續詞

常用的這類接續詞有「ところで」、「それでは」、「では」、「さて」、「そもそも」等。大致相當於中文的「可是」、「那麼」、「說起來」等。

○では、またお目《め》にかかりましょう。

／那麼，再見吧！

○さて、これでお暇《いとま》いたします。

／那麼，我就告辭了。

○ところで、お父《とう》さんはお元気《げんき》ですか。

／對了，您父親好嗎？

(6)表示概括或補充說明的接續詞

前者常用的有「要《よう》するに」，相當於中文的「總之」；後者常用的有「すなわち」、「つまり」等，相當於中文的「就是」、「即」等。另外還有「なぜなら」等，相當於中文的「那是因為」、「因為」等。例如：

○要《よう》するに君《きみ》は黙《だま》って聞《き》いていればそれでよいです。

／總之，你只要靜靜聽著就可以了。

○父《ちち》の姉《あね》の息子《むすこ》、つまり私《わたし》のいとこですが、近《ちか》いうちにこちらへ来《き》ます。

／我父親姐姐的兒子，也就是我的表兄弟最近要到這兒來。

○出掛《でか》けるのをやめた方《ほう》がいいです。なぜなら明日《あした》は雨《あめ》が降《ふ》るそうですから。

／還是不要外出了吧！因為聽說明天要下雨。

4 接續詞與其他單語的關係

有的接續詞和其他的單語，有時形態相同，但卻是兩個不同意思的詞，因此必須好好地加以區分，否則很容易搞錯。

(1) 接續詞與接續助詞的差異

接續詞構成獨立文節，連接前後兩個句子；而接續助詞雖也連接前後兩個句子，但它們附在前一個句子下面，而不是獨立文節。例如：

○風《かぜ》は止《や》んだけれども、雨《あめ》はまだ降《ふ》っています。（接續助詞）
／風停了，但雨還在下。
○風《かぜ》は止《や》みました。けれども雨《あめ》はまだ降《ふ》っています。（接續詞）
／風停了，但雨還在下。
○もうこれ以上話《いじょうはな》し合《あ》ったところでむだですよ。（接續助詞）
／即使再談下去，也是無濟於事。
○ところで、あなたの考《かんが》えを伺《うかが》いたいのですが。（接續詞）
／可是我想聽一聽您的想法。

(2) 接續詞與副詞的差異

接續詞構成獨立文節，連接前後兩個句子；而接續助詞雖也連接前後兩個句子，但它們附在前一個句子下面，而不是獨立文節。例如：

○昨日《きのう》読《よ》んだ新聞《しんぶん》をまた読《よ》んでいます。（副詞）
／現在又再看昨天看過的報紙。
○本《ほん》を読《よ》み、またレポートを書《か》きます。（接續詞）
／看書或者寫報告。

○あるいはご存知《ぞんじ》ではないかと思《おも》ってお聞《き》きしたのですが。（副詞）

／我想您或許知道，所以才請教您。

○英語《えいご》あるいはフランス語《ご》を勉強《べんきょう》したいと思《おも》っています。（接續詞）

／我想學英語或法語。

(3) 接續詞與代名詞構成的文節的差異

這種情況要從句子的前後關係加以區分。例如：

○大《おお》きな実《み》がなります。それから油《あぶら》をとります。（代名詞それ＋格助詞から）

／會結一個很大的果實，從那顆果實裡榨油。

○博物院《はくぶついん》を見学《けんがく》しました。それから動物園《どうぶつえん》へ行《い》きました。（接續詞）

／參觀了博物館，然後去動物園了。

○家《いえ》の裏《うら》に池《いけ》があります。そこで私《わたし》はよく魚《さかな》つりをします。（代名詞そこ＋格助詞で）

／家的後面有個水池，我常在那兒釣魚。

○道具《どうぐ》がいろいろ揃《そろ》いました。そこで実験《じっけん》をはじめました。（接續詞）

／工具已經備齊了，於是開始進行了實驗。

第二節 感動詞

1 什麼樣的詞是感動詞

中文稱作感嘆詞。它多置於句子的開頭，作為獨立文節來用，表達說話者感動的心情或者用於呼喚、對應。例如：

○おお、寒《さむ》い。
／噢！真冷。

○ああ、そうだ。
／啊！是啊！

○もしもし、村山《むらやま》さん。
／喂！喂！村山先生！

○はい、わかりました。

／是！懂了。

○いや、そんなことはありません。

／不、不會有那樣的事。

上述句子中的綠字既不是主語文節，也不是述語文節，更不是修飾語文節，而是一種獨立文節。並且用於講話的開頭，表示感嘆、呼喚、應對因此都是感動詞。

有時一個感動詞也可以構成一個句子。例如：

○あなたもその本《ほん》を買《か》いましたか。

／你也買了那本書嗎？

○いいえ。

／沒有。

這裡的いいえ，在下面省略了私《わたし》は買《か》いませんでした，但省略後，意思完全通，因此いいえ就形成了一個句子。

2 感動詞的分類

(1)表示感嘆的感動詞

常用的有「あ」、「ああ」、「あら」、「おお」、「これはこれは」、「ほう」、「まあ」、「あれ」等。

○あ、大変《たいへん》だ。（表示驚嘆）

／唉呀！不得了啦！

○ああ、疲《つか》れた。（表示慨歎）

／唉呀！真累了。

○ほう、この絵《え》はなかなかうまいね。（表示驚訝）

／噢！這幅畫可真好啊！

○まあ、なんときれいな景色《けしき》だろう。（表示讚嘆）

／啊！多麼美麗的風景啊！

○あら、どうしたの。（女性用，表示驚訝）

／啊！怎麼了？

(2)用於呼喚的感動詞

常用的有「おい」、「こら」、「そら」、「ちょっと」、「もしもし」、「やあ」等。

○やあ、お出掛《でか》けですか。（對平輩）
／喂！你出去嗎？

○こら、何《なに》しているんだ。（對晩輩、下級，含有傲慢語氣）
／喂！你做什麼呢？

○そら、八時《はちじ》だ。急《いそ》がないと遅《おく》れちゃう。（對平輩、晩輩）
／喂！已經八點了。不快點就要晚了。

○ちょっと玄関《げんかん》に誰《だれ》か来《き》たようです。（對平輩、晩輩）
／喂！門口好像有人來了。

○もしもし、田中先生《たなかせんせい》のお宅《たく》ですか。（對長輩、電話用）
／喂！喂！是田中老師的家嗎？

(3)用於應對的感動詞

常用的有「はい」、「いいえ」、「ええ」、「うん」、「いや」等。

○はい、承知《しょうち》しました。（對長輩、平輩）
／是，我知道了。

○いいえ、日本《にほん》へ行《い》ったことはありません。（對長輩、平輩）

／不，我沒有去過日本。

○いや、そんなことはありません。（對平輩）

／不，沒有那樣的事。

○うん、わかった。（對晚輩）

／哦！我明白了。

有的學者將一些寒暄用語也視為感動詞。例如：

○おはよう。

／早安！

○こんにちは。

／你好！

○こんばんは。

／晚上好！

○さようなら。

／再見！

○ごきげんよう。

／你好！

以上僅供參考。

第十一章 助詞（一）——格助詞、接續助詞

第一節　什麼樣的詞是助詞

助詞是沒有活用，即沒有變化的附屬語，不能單獨構成文節，只能附屬在自立語下面，和這些自立語一起組成文節，表示和這些自立語的關係，增添一定的意義。它和助動詞雖都是附屬語，但助詞沒有活用，是非活用語。例如：

○この通《とお》りをまっすぐ行《い》けば駅《えき》の前《まえ》に出《で》ます。

／沿著這條大街一直走，就會走到車站前面。

○彼《かれ》ほど歌《うた》の好《す》きな人《ひと》はいません。

／沒有像他那樣喜歡唱歌的人了。

上述句子綠字的部分都是助詞，它們都沒有活用，附在前面的自立語下，分別構成「この通《とお》りを」、「行《い》けば」、「駅《えき》の」、「前《まえ》に」、「彼《かれ》ほど」、「歌《うた》の」、「人《ひと》は」的文節，表示和前面自立語的關係，並增添一定的意義。如「この通《とお》りを」的「を」則表示在這條街上走動，而「行《い》けば」中的「ば」則表示假定，如果的意思。其他下面的一些助詞，如の、に、ほど、の、は也同樣表示與前面的自立語的關係，並增添了一定的意義。

如前所述助詞附在自立語下面，並表示某種意義。在這種前提下一般將助詞分為四類，分別是格助詞、接續助詞、附助詞、終助詞。

第二節　格助詞

格助詞主要接在體言（名詞、代名詞、數詞）或具有體言性質的單語下面組成文節的詞，表示所組成的文節和其他單語或文節處於什麼樣的關係。因此這種助詞是決定文節的種類，即決定所組成的文節是主語文節、客語文節，還是其他文節的。

屬於格助詞的常用助詞有「が」、「の」、「で」、「に」、「へ」、「を」、「と」、「より」、「から」等。

1 が

接在體言下，構成句子的主語文節，在中文一般譯不出。

○小鳥《ことり》が鳴《な》く。

／鳥叫。

○水《みず》が流《なが》れる。

／水流。

○桜《さくら》の花《はな》がきれいだ。

／櫻花很美麗。

○これが事実《じじつ》だ。

／這是事實。

○北風《きたかぜ》が吹《ふ》くと、寒《さむ》くなる。

／一颳北風，天就冷起來。

○先生《せんせい》が電話《でんわ》をかけてきたから、一緒《いっしょ》に行《い》きましょう。

／老師打電話來了，我們一塊去吧！

上述最後兩個句子裡的北風《きたかぜ》が、先生《せんせい》が是條件句（小句子）的小主語。

○（私《わたし》は）水《みず》が飲《の》みたい。

／我想喝水。

○彼《かれ》は泳《およ》ぐのが好《す》きだ。

／他喜歡游泳。

最後這兩個句子是日語裡的特殊表現形式，一般稱之為總主語句，私《わたし》は、彼《かれ》は是句子的總主語，而水《みず》が、泳《およ》ぐのが則是對象語，也可以說是小主語。

2 の

接在體言下面，有下面兩種用法：

(1) 構成連體修飾語，表示事物的所屬或性質。相當於中文的「的」等。

○私《わたし》の本《ほん》。

／我的書。

○先生《せんせい》の眼鏡《めがね》。

／老師的眼鏡。

○木《き》の机《つくえ》。

／木桌子。

○革《かわ》の靴《くつ》。

／皮鞋。

○ナイロンの服《ふく》。

／尼龍製的衣服。

(2)在連體修飾語文節中代替「が」，表示所接的體言是主語。在中文裡譯不出。例如：

○松本先生《まつもとせんせい》の書《か》いた小説《しょうせつ》は二《に》、三十冊《さんじっさつ》もあります。

／松本老師寫的小說有二、三十本。

○月《つき》のない夜《よる》ですから暗《くら》いです。

／因為是沒有月亮的夜晚，所以很暗。

○それは映画《えいが》の好《す》きな人々《ひとびと》の集《あつ》まりです。

／那是喜歡電影的人們的集會。

上述句子裡的綠字都代替了表示主語的が，表示松本先生《まつもとせんせい》、月《つき》、映画《えいが》分別是句子裡的小主語。

③を

接在體言下面，構成客語文節，後面用他動詞，表示動作的目的物，可譯作中文的「把」、「將」。例如：

○父《ちち》は毎日新聞《まいにちしんぶん》を読《よ》みます。

／父親每天看報。

○母《はは》は毎日《まいにち》テレビを見《み》ます。

／母親每天看電視。

○野村《のむら》さんは新《あたら》しい家《いえ》を建《た》てました。

／野村先生蓋了新房子。

○あなたが来《く》るのを知《し》りませんでした。

／我不知道你會來。

有時在を的下面接續使役助動詞，這時表示使役的對象。在中文裡多譯不出。例如：

○手《て》を引《ひ》いて子供《こども》を歩《ある》かせます。

／拉著手使小孩子走。

○父《ちち》は弟《おとうと》を職業学校《しょくぎょうがっこう》に入《はい》らせました。

／父親讓弟弟進了職業學校。

有時也在下面用一些具有移動含義的自動詞，表示在某一場所移動或離開某一場所。例如：

○町《まち》を歩《ある》く。

／在街上走。

○運動場《うんどうじょう》を走《はし》る。

／在運動場上跑。

○川《かわ》を渡《わた》る。

／過河。

○山《やま》を越《こ》える。

／越過山。

○大川《おおかわ》を泳《およ》ぐ。

／在大河中游泳。

○空《そら》を飛《と》ぶ。

／在天空飛。

○川《かわ》の畔《ほとり》を散歩《さんぽ》する。
／在河邊散步。
○祖国《そこく》を離《はな》れる。
／離開了祖國。
○家《いえ》を出《で》る。
／離開了家。

④に

接在體言下面構成補語文節或並列文節等，表示下面幾種意思。

(1)表示存在的場所。相當於中文的「在」。例如：

○庭《にわ》の真《まん》ん中《なか》にプールがあります。
／院子的正中間有個游泳池。
○先生《せんせい》は 教室《きょうしつ》にいらっしゃいます。
／老師在教室裡。

○道《みち》ばたにはきれいな花《はな》が咲《さ》いています。

／路旁開著美麗的花。

(2) 表示進行動作的時間。也相當於中文的「在」。

○毎日《まいにち》五時《ごじ》に起《お》き、夜《よる》の十時《じゅうじ》に寝《ね》ます。

／每天五點起床，晚上十點就寢。

○来月《らいげつ》の三日《みっか》に帰《かえ》るつもりです。

／我打算下個月三號回去。

○食事《しょくじ》の前《まえ》に、この薬《くすり》をお飲《の》みなさい。

／在吃飯前先吃這個藥！

(3) 表示動作的到著點。相當於中文的「到」，或適當地譯成中文。

○夜《よる》の六時《ろくじ》に京都《きょうと》に着《つ》きます。

／晚上六點到達京都。

○一週間《いっしゅうかん》歩《ある》いて目的地《もくてきち》に達《たっ》しました。

／走了一個星期，到達了目的地。

○家《いえ》に帰《かえ》ったのはもう夜《よる》の十時《じゅうじ》でした。

／回到家已經是晚上十點了。

(4)表示動作的結果。相當於中文的「變成」、「成為」。

○水《みず》が水蒸気《すいじょうき》になりました。

／水成了水蒸氣。

○中山《なかやま》さんはとうとう有名《ゆうめい》な画家《がか》になりました。

／中山小姐終於成了知名的畫家。

○彼《かれ》のことを小説《しょうせつ》に書《か》きました。

／把他的事情寫成了小說。

(5)表示動作的對象。相當於中文的「對」、「向」等。

○道《みち》がわからなかったので、お巡《まわ》りさんに聞《き》きました。

／因為我不認識路，所以問了警察。

○弟《おとうと》に絵本《えほん》を二《に》、三冊《さんさつ》買《か》ってやりました。

／給弟弟買了兩三本繪本。

○そのことを母《はは》にも言《い》いませんでした。

／那件事，我甚至沒有告訴母親。

(6)後續形容詞、形容動詞或表示狀態的動詞，表示比較的標準或狀態的內容。可根據前後關係適當地譯成中文。例如：

○私《わたし》の学校《がっこう》はその公園《こうえん》に近《ちか》いです。

／我的學校離那個公園很近。

○妹《いもうと》は母《はは》に似《に》ています。

／妹妹很像母親。

○父《ちち》は京都《きょうと》のことに詳《くわ》しいです。

／父親對京都很熟悉。

○内山《うちやま》さんは経験《けいけん》に富《と》んでいます。

／內山先生經驗豐富。

(7)接在體言下面，有時接在動詞連用形下面，後面接用來表示來去的動詞，表示動作的目的。要根據前後關係譯成中文。例如：

○お礼《れい》に上《あ》がりました。

／我來道謝了。

○友達《ともだち》と見学《けんがく》に行《い》きました。

／和同學參觀去了。

○弟《おとうと》が迎《むか》えに来《き》ました。

／弟弟來接我了。

○李《り》さんは本《ほん》を買《か》いに行《い》きました。

／小李買書去了。

(8)接在體言下面，後面用使役助動詞或受身助動詞構成的述語，表示使役的對象或被動句中的主動者。要根據句子的前後關係譯成中文。

○馬《うま》に荷物《にもつ》を運《はこ》ばせます。

／讓馬運東西。

○弟《おとうと》にそれを買《か》いに行《い》かせました。

／叫弟弟去買了。

○ちょっとのことで先生《せんせい》に叱《しか》られました。

／因一點小事被老師罵了。

○弟《おとうと》が道《みち》で犬《いぬ》に噛《か》まれました。

／弟弟在路上被狗咬了。

(9) 接在體言下面後續體言，即用在兩個體言之間，構成並列文節。表示並列添加。可譯作中文的「和」，或根據前後關係適當譯成中文。例如：

○部屋《へや》の中《なか》にはテレビにタブレットにパソコンが置《お》いてあります。

／房間裡擺著電視機、平板和電腦。

○私《わたし》が学校《がっこう》で数学《すうがく》に物理《ぶつり》に科学《かがく》を勉強《べんきょう》しています。

／我在學校學習數學和物理、化學。

(10) 接在體言下面，一般用「には」、「にも」構成主語文節，表示所接的體言是主語。

○私《わたし》にはロシア語《ご》がわかりません。

／我不會俄語。

○先生《せんせい》にはどういうお考《かんが》えがありますか。

／老師怎麼想？

に的用法較多，以上只是它的主要用法。

5 へ

接在體言下面，構成補語文節。表示下面兩種意思：

(1) 接在表示方向的體言下面，後續表示移動的動詞，表示移動的方向。相當於中文的「到」、「向」等。這時一般不用「に」。例如：

○西《にし》へ向《む》かって旅《たび》を始《はじ》めました。

／往西的方向開始了旅行。

○兄《あに》は遠方《えんぽう》へ行《い》きました。

／哥哥到遠方去了。

○低気圧《ていきあつ》が南《みなみ》へ進《すす》んできました。

／低氣壓往南方前進了。

(2)接在表示地點、場所的名詞、代名詞下面，後續表示移動或動作動詞，表示到達的地點。這時基本上可用「に」。相當於中文的「到」。例如：

○ここへいらっしゃい。
／請到這裡來！

○二十分《にじっぷん》で向《む》こう岸《ぎし》へ泳《およ》ぎ着《つ》きました。
／花了二十分鐘游到對岸。

○夕方《ゆうがた》にようやく頂上《ちょうじょう》へたどりつきました。
／傍晚，好不容易才爬到了山頂。

6 と

接在體言下面構成補語文節和並列文節，有以下幾種意思：

(1)接在體言下面，表示共同行動。相當於中文的「和」、「同」、「和……一起」。例如：

○弟《おとうと》は毎日《まいにち》芳子《よしこ》と一緒《いっしょ》に遊《あそ》びます。
／弟弟每天和芳子一起玩。

○妹《いもうと》は毎日《まいにち》母《はは》と買物《かいもの》に出掛《でか》けます。

／妹妹每天和母親出去買東西。

○今朝《けさ》、王《おう》さんと会話《かいわ》の練習《れんしゅう》をしました。

／早上和小王一起練習了會話。

(2)接在體言下面，表示比較的對象，或比擬的基準。相當於中文的「和」、「同」。例如：

○日本《にほん》は私《わたし》の国《くに》と異《こと》なって、家《いえ》に入《はい》る時《とき》、靴《くつ》を脱《ぬ》ぐ習慣《しゅうかん》があります。

／日本和我的國家不同，進家門後有脫鞋的習慣。

○弟《おとうと》は私《わたし》と違《ちが》って勉強家《べんきょうか》です。

／弟弟和我不同，是一個愛學習的人。

○花《はな》が雪《ゆき》と散《ち》りました。

／花像雪一樣飄落了。

(3)接在體言下面，後續表示變化的動詞，表示變化的結果。可根據前後關係適當地譯成中文。例如：

○いよいよ夏休《なつやす》みとなりました。

／暑假終於到了。

○水《みず》は氷《こおり》となりました。

／水變成了冰。

○教室《きょうしつ》を展覧室《てんらんしつ》として絵《え》の展覧《てんらん》をしました。

／將教室作為展覽室展覽了繪畫。

(4)接在體言**或**小句子**下面，後續**表示說、想**之類的動詞，（如「**言《い》う**」、「**話《はな》す**」、「**述《の》べる**」、「**答《こた》える**」、「**思《おも》う**」、「**考《かんが》える**」等動詞），表示說、想的內容。在中文裡一般譯不出。例如：**

○中山《なかやま》と申《もう》します。

／我姓中山，請多關照！

○思《おも》わず「あっ」と叫《さけ》びました。

／不由得啊地大喊一聲。

○私《わたし》は彼《かれ》を課長《かちょう》だと思《おも》いました。

／我把他當成了課長。

○明日《あす》は帰《かえ》るだろうと思《おも》います。
／我想明天就會回來。

(5)接在體言下面，並列兩個體言，表示並列。相當於中文的「和」。

○机《つくえ》の上《うえ》には本《ほん》と雑誌《ざっし》（と）が置《お》いてあります。
／桌子上放著書和雜誌。
○孫《そん》さんと王《おう》さん（と）が百点《ひゃくてん》を取《と》りました。
／小孫跟小王得了滿分。
○今日《きょう》と明日《あした》（と）は休《やす》みです。
／今天和明天休息。
○りんごとバナナと、どちらが好《す》きですか。
／蘋果和香蕉你喜歡哪個？

7 から

接在體言下面，構成補語文節，表示動作的起點。相當於中文的「從」、「自」、「由」等。

○窓《まど》から太陽《たいよう》が差《さ》し込《こ》んできました。
／太陽從窗子照進來了。

○おじいさんは田舎《いなか》からきました。
／爺爺從鄉下來了。

○駅《えき》から車《くるま》に乗《の》りましょう。
／從車站坐車吧。

○学校《がっこう》は八時《はちじ》から始《はじ》まります。
／學校從八點開始上課。

8 より

主要有下面兩種用法

(1) 接在體言下面，與下面的肯定述語發生關係。相當於中文的「比」。例如：

○これよりあれの方《ほう》がいいです。
／那個比這個好。

○飛行機《ひこうき》は汽車《きしゃ》よりはやいです。
／飛機比火車快。
○私《わたし》は兄《あに》より背《せ》が高《たか》いです。
／我比哥哥個兒高。

(2)作為文語的格助詞，與口語的「から」意思相同，表示「起點」。相當於中文的「自」、「從」。例如：

○学校《がっこう》は八時《はちじ》より始《はじ》まる。
／學校從八點開始上課。
○家《いえ》より学校《がっこう》まで歩《ある》いて十五分《じゅうごふん》ぐらいかかります。
／從家裡走到學校約十五分鐘左右。

(3)接在用言連體形或體言下面，與下面的否定述語發生關係，表示除了……沒有……。相當於中文的「只有」。例如：

○そうするより仕方《しかた》がない。
／除了這麼做別無他法（只能這麼做）。

○あなたより他《ほか》にこれのできる人《ひと》はいません。
／除了你之外，沒有人會這個。

9 で

接在體言下面，構成補語文節，表示下面幾種意思：

(1) 接在名詞下面，表示所用的方法、手段、工具、材料等。相當於中文的「用」等。

○答案《とうあん》は鉛筆《えんぴつ》で書《か》きなさい。
／請用鉛筆作答。

○アルミニウムで作《つく》ったやかん。
／用鋁作的水壺。

○船《ふね》で行《い》けます。
／坐船可去。

(2) 接在名詞下面，表示動作、活動的場所。相當於中文的「在」。例如：

○毎日《まいにち》教室《きょうしつ》で勉強《べんきょう》します。

／每天在教室裡學習。

○兄《あに》は工場《こうじょう》で働《はたら》いています。

／哥哥在工廠工作。

○私《わたし》は田舎《いなか》で生《う》まれましたが、東京《とうきょう》で育《そだ》ちました。

／我雖然在鄉下出生，但是在東京長大的。

(3)接在名詞下面，表示原因。相當於中文的「因為」、「由於」。例如：

○日照《ひで》り続《つづ》きで百姓《ひゃくしょう》は困《こま》っている。

／因為接連不斷的乾旱，農民很頭疼。

○父《ちち》は病気《びょうき》で会社《かいしゃ》を辞《や》めました。

／父親因為生病而辭職了。

○おじさんは借金《しゃっきん》で苦《くる》しんでいます。

／伯父由於負債，陷入困境。

第三節 接續助詞

接續助詞是接在活用語（動詞、形容詞、形容動詞以及助動詞）下面組成文節的助詞，它們將前後的詞連接起來。從它們所表示的意義來看，可分為兩大類：

①**表示並列、添加的接續助詞**

屬於這類的接續助詞有「て」、「ながら」、「たり」、「し」等。

②**表示因果、條件的接續助詞**

它們有「ば」、「と」、「から」、「ので」、「ても」、「とも」、「が」、「けれども」、「のに」等。其中「ば」、「と」、「から」、「ので」是表示順態（亦稱順接）的接續助詞；而「ても」、「とも」、「が」、「けれども」、「のに」則是逆態（亦稱逆接）的接續助詞。而順態接續助詞還可進一步分為順態假定，或順態確定，而逆態接續助詞也分為逆態

假定或逆態確定。所謂假定表示假如出現某種情況將如何如何，而確定則表示由於情況已經如此，因此就如何如何。他們具體關係如下：

- 接續助詞
  - 並列添加接續助詞——て、ながら、たり、し等。
  - 因果條件接續助詞
    - 順態
      - 假定——ば、と等
      - 確定——から、ので（と）等
    - 假定
      - 假定——ても、とも等
      - 確定——が、けれども、のに（ても）等

其中順態的と既表示假定，也表示確定；同樣地ても也是既表示假定，也表示確定，具體用法，請參看有關「と」和「ても」的說明。

1 て（で）

接在活用語的連用形下面，但接在泳《およ》ぐ、遊《あそ》ぶ、読《よ》む、死《し》ぬ等動詞下面時，て要變成為

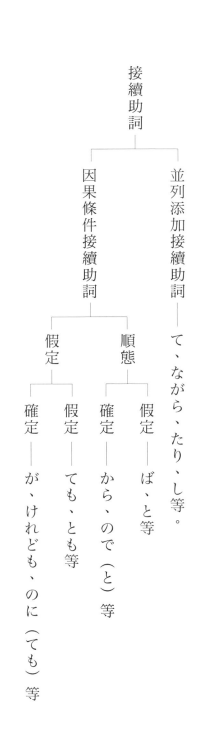

で，表示下面幾種意思：

(1) 表示動作、狀態的並列，或動作的先後順序。表示並列時相當於中文的「而」、「而且」或不釋出。表示順序時相當於中文的「之後」。例如：

○背《せ》が高《たか》くて強《つよ》そうです。

／個子高，看起來很強壯。

○彼《かれ》はよく黒《くろ》い帽子《ぼうし》をかぶって黒《くろ》い服《ふく》を着《き》ます。

／他經常戴黑帽子，穿黑衣服。

○少《すこ》し休《やす》んでまた勉強《べんきょう》を始《はじ》めました。

／稍微休息以後，又開始學習了。

○暑《あつ》い夏《なつ》が過《す》ぎて涼《すず》しい秋《あき》になりました。

／炎熱的夏天過去了，到了涼爽的秋天。

○花《はな》が咲《さ》いて実《み》が実《みの》ります。

／花開了以後就結果實。

(2) 表示手段、方法、即前項是後項的手段或方法。可譯作中文的「著」或不釋出。

○私《わたし》と李《り》さんが走《はし》って行《い》きました。
／我和小李跑去了。
○私《わたし》たちは小舟《こぶね》に乗《の》って川《かわ》を渡《わた》りました。
／我們坐著小船過了河。

(3)表示原因。即前項是後項的原因。相當於中文的「由於」、「因為」等。

○雨《あめ》が降《ふ》って行《い》けなかった。
／因為下雨了去不成。
○お金《かね》がなくて買《か》えません。
／因為沒有錢買不起。
○風邪《かぜ》を引《ひ》いて学校《がっこう》を休《やす》みました。
／因為感冒了沒去上學。

(4)在「て」的下面接補助動詞「いる」、「ある」、「おく」等。在中文裡一般譯不出。

○大雨《おおあめ》が降《ふ》っています。
／下著大雨。

○部屋《へや》の中《なか》には電灯《でんとう》がつけてあります。

／房間裡點著電燈。

○窓《まど》をあけておきました。

／我把窗戶開著。

接在助動詞ない下面時，既可以用「～なくて」，也可以用「～ないで」。後續「～てはいけない」、「～てもいい」時多用「～なくて～」；而後續「～動詞」或「～てほしい」、「～てください」時多用「ないで～」。例如：

○明日《あした》は休《やす》みですから、早《はや》く起《お》きなくてもいいです。

／明天是休假，可以不用早起。

○もっと早《はや》く寝《ね》なくてはいけません。

／必須更早一些睡。

○毎朝《まいあさ》ご飯《はん》を食《た》べないで学校《がっこう》へ行《い》きます。

／每天早上不吃早飯就去上學。

○そんな乱暴《らんぼう》な言葉《ことば》を使《つか》わないでください。

／不要用那麼粗魯的語言。

接在形容詞ない下面時，一般用「なくて（は）……」。例如：

○空気《くうき》と水《みず》がなくては生《い》きていられない。

／沒有空氣和水的話，是活不了的。

○お金《かね》がなくて困《こま》っている。

／（因為）沒有錢很困難。

2 ながら

接續關係如下：

①**接在**動詞**或**動詞型助動詞**的**連用形**下面**。

②**接在**形容詞**或**形容詞型助動詞**的**終止形**下面**。

③**接在**名詞、代名詞**或**形容動詞語幹**下面**。

表示下面幾種意思：

(1) 接在有意識進行的動作動詞**下面，表示**同時進行兩個動作。**相當於中文的「一面……一面……」、「**邊……邊……**」。例如：**

○二人《ふたり》は話《はな》しながら歩《ある》いて行《い》きました。
／兩個人一面說話，一面走下去了。
○青年《せいねん》は笑《わら》いながら近寄《ちかよ》ってきました。
／那個青年一面笑一面走近。
○ラジオを聞《き》きながら勉強《べんきょう》してはいけません。
／不要一面聽收音機一面讀書！

(2)接在無意識動詞、形容詞、否定助動詞下面或接在名詞下面，表示前後兩種情況不相適應。相當於中文的「雖然……可是……」，或根據前後關係適當地譯成中文。例如：

○彼《かれ》は知《し》っていながら教《おし》えてくれません。
／他雖然知道，但不告訴我。
○苦《くる》しいながら、何《なん》とかやっていきます。
／雖然很苦，但也要想辦法活下去。
○農民《のうみん》ながら、科学《かがく》の研究《けんきゅう》をやっています。
／雖然是位農民，卻從事科學的研究。

○お気《き》の毒《どく》ながら、いま申《もう》し上《あ》げられません。
／很對不起，現在不好講。

3 たり

接在動詞、動詞型助動詞連用形下面，或接在形容詞連用形「かっ」下面，構成「～たり～たりする」句型來用。但接在動詞泳《およ》ぐ、遊《あそ》ぶ、読《よ》む、死《し》ぬ等下面的たり要變成だり。表示兩個動作、行為、狀態的並列。相當於中文的「又……又……」、「有時……有時……」或根據前後關係適當地譯成中文。

○田中先生《たなかせんせい》は四《じ》、五時間《ごじかん》も実験《じっけん》したり考《かんが》えたりしました。
／田中老師有四五個小時，都在一邊做實驗一邊思考。
○子供《こども》たちは飛《と》んだり跳《は》ねたりして遊《あそ》びます。
／小孩子們又蹦又跳地玩。
○起《お》きてから歯《は》を磨《みが》いたり、顔《かお》を洗《あら》ったりします。
／起床後就刷牙洗臉。

○小《ちい》さかったり大《おお》きかったりして私《わたし》の足《あし》に合《あ》う靴《くつ》はありません。

／不是太小就是太大，沒有我合腳的鞋。

4 し

接在活用語的終止形下面，表示並列、添加。相當於中文的「既……又」、「又……又」等。

○おじいさんは絵《え》も上手《じょうず》だし、書《しょ》もうまいです。

／爺爺很會畫畫，字也寫得好。

○彼《かれ》は絵《え》も描《か》くし、字《じ》も書《か》きます。

／他既畫畫，也寫字。

○夏《なつ》は涼《すず》しいし、冬《ふゆ》は暖《あたた》かいです。

／夏天涼爽，冬天暖和。

○あたりは静《しず》かだし、眺《なが》めもいいです。

／附近既安靜，風景也好。

5 ば

接在活用語的假定形下面，表示下面幾種意思：

(1) 表示順態假定條件。即如果出現前項這一情況，則要有後項結果。相當於中文的「如果……就……」、「若……就……」。例如：

○見《み》ればわかります。

／一看就懂。

○雨《あめ》が降《ふ》れば遠足《えんそく》を止《や》めます。

／如果下雨，就不去郊遊。

○遠《とお》ければ車《くるま》で行《い》きます。

／如果遠，就坐車去。

(2) 表示順態常定條件。即具備了前項條件，無論任何時候就會出現後項情況，多用來表示自然界的事物、情況或某種真理。相當於中文的「一……就……」等，或根據前後關係適當地譯成中文。

○春《はる》が来《く》れば花《はな》が咲《さ》きます。

／到了春天就開花。

○風《かぜ》が吹《ふ》けば波《なみ》が立《た》ちます。

／颳風就起浪。

○三人《さんにん》寄《よ》れば文殊《もんじゅ》の知恵《ちえ》。

／三個臭皮匠，勝過一個諸葛亮。

(3) 表示並列。與「し」的意思相同。相當於中文的「既……又……」。例如：

○李《り》さんは歌《うた》もできれば踊《おど》りも上手《じょうず》です。

／小李既會唱歌，也會跳舞。

○あの店《みせ》には本《ほん》もあれば、雑誌《ざっし》もあります。

／那家店既賣書，也賣雜誌。

○彼《かれ》は行《い》くとも言《い》わなければ、行《い》かないとも言《い》いませんでした。

／他既沒有說要去，也沒說不去。

6 と

接在活用語終止形下面。

(1)表示順態假定條件。與「ば」的(1)用法相同，表示如果出現前項這一情況，就要有後項結果。相當於中文的「如果……就……」、「若……就……」。例如：

○見《み》るとわかります。

／一看就懂。

○遠《とお》いと車《くるま》で行《い》きます。

／如果遠就坐車去。

(2)表示順態假定條件。與「ば」的(2)用法相同，表示具備了某種條件，無論任何時候，都會出現下面情況，多用來表示自然界的事物或事物的真理。可適當地譯成中文。

○春《はる》が来《く》ると、花《はな》が咲《さ》きます。

／到了春天，就開花。

○七時《しちじ》になると、暗《くら》くなります。

／到了七點天就黑了。

○二《に》に三《さん》を足《た》すと、五《ご》になります。

／二加三等於五。

○一生懸命《いっしょうけんめい》勉強しないと、大学《だいがく》に入《はい》ることができません。

／不拚命用功讀書，就進不了大學。

(3) 表示順接確定條件。這時與「その時《とき》」、「その場合《ばあい》」意思相同，表示在前項這一動作完成時，就出現了後項的情況，並且後項多以「た」的形式結句，因此多是講過去的事情。相當於中文的「一……」、「……時候」。例如：

○家《いえ》へ帰《かえ》ると、日《ひ》が暮《く》れました。

／一回到家，天就黑了。

○種《たね》をまくと、かわいい芽《め》が出《で》てきました。
／播下了種子就發出了可愛的芽。
○目《め》を覚《さ》ますと、雨《あめ》が降《ふ》っていました。
／睡醒來，外面下了雨。

(4) 接在意志助動詞「～う」「～よう」或「～まい」。構成「～まいと」、「～うと」或「～ようと」句型，表示逆態假定條件。相當於中文的「不論……」。

○どうなろうと構《かま》わない。
／不論怎麼樣也沒有關係。
○人《ひと》に何《なん》と言《い》われようと、自分《じぶん》で正《ただ》しいと思《おも》ったことをやればいい。
／不論旁人說什麼，做自己認為正確的事就好。
○雨《あめ》が降《ふ》ろうと、風《かぜ》が吹《ふ》こうと、毎日出掛《まいにちでか》けて行《い》きました。
／不論颳風下雨，他每天都出去。
○行《い》こうと行《い》くまいと君《きみ》の勝手《かって》だ。
／去不去隨你便。

7 から

接在活用語終止形下面，構成順態確定條件，表示由於前項的原因，而形成了後項的結果。相當於中文的「因為……所以……」，或根據前後關係適當地譯成中文。例如：

○雨《あめ》が降《ふ》りましたから、遠足《えんそく》をやめました。

／因為下雨了，所以沒有去郊遊。

○気候《きこう》が暖《あたた》かだから、何《なん》でもできます。

／由於氣候溫和，所以能產各種東西。

○あんまり高《たか》いから買《か》いませんでした。

／因為太貴，所以沒有買。

○月《つき》が出《で》ていないから、道《みち》が暗《くら》いです。

／因為沒有月亮，所以路很黑。

○暗《くら》いから、電灯《でんとう》をつけてください。

／太暗了，請把電燈打開！

○授業中《じゅぎょうちゅう》ですから、騒《さわ》いではいけません。

／正在上課，不要吵嚷！

「から」還可以作格助詞來用，但與接續助詞的「から」不同，不應混淆。

○友達《ともだち》からそれをもらったのです。（格助詞）

／是從朋友那兒要來的。

○友達《ともだち》だから喧嘩《けんか》してはいけません。（接續助詞）

／因為是朋友，不要吵架。

「から」還可以構成「～のは～からだ」慣用型來用。相當於中文的「之所以……是因為……」。

○間違《まちが》うのは注意《ちゅうい》が足《た》りないからです。

／搞錯是因為不夠注意。

○私《わたし》は来《こ》なかったのは風邪《かぜ》を引《ひ》いたからです。

／我之所以沒有來，是因為我感冒了。

8 ので

接在活用語的連體形下面，也表示因果關係，即前項是原因，後項是結果。也相當於中文的「因為……所以」。例如：

○雨《あめ》が降《ふ》ったので、遠足《えんそく》をやめました。
／因為下雨了，所以沒有去郊遊。
○気候《きこう》が暖《あたた》かいので、何《なん》でもできます。
／因為氣候溫和，所以能產生各種東西。
○子供《こども》なので、よくわかりません。
／因為是小孩子，所以他不太懂。

它和「から」不同的是「ので」一般很少用在命令句、禁止命令句、勸誘句裡，這時一般常用「から」。

○暑《あつ》いから（×ので）窓《まど》をあけてください。
／因為太熱，請打開窗子！
○危《あぶ》ないから（×ので）気《き》をつけなさい。
／很危險，所以請注意點兒！
○雨《あめ》が降《ふ》りそうだから（×ので）、傘《かさ》を持《も》っていきましょう。
／眼看要下雨了，把雨傘帶去吧！
○学生《がくせい》ですから（×ので）煙草《たばこ》を吸《す》ってはいけません。
／因為是學生，所以不准吸烟！

9 ても（でも）

接在活用語的連用形下面，但接在動詞飛《と》ぶ、死《し》ぬ、読《よ》む、泳《およ》ぐ等下面時，ても變成でも，既可以作逆態假定條件來用，也可以作逆態確定條件來用，表示出現了與預料相反的結果和事實。相當於中文的「既使……也……」、「雖然……也……」。例如：

○①調《しら》べてもわからないだろう。
／即使查了也不懂吧。

○②少《すこ》し高《たか》くても構《かま》いません。
／（即使）貴一點也沒有關係。

○③雨《あめ》が降《ふ》っても出掛《でか》けます。
／即使下雨也出去。

○④いくら読《よ》んでもわからなかった。
／怎麼看也看不懂。

○⑤いくら聞《き》いても彼《かれ》は答《こた》えませんでした。
／不論怎麼問，他都不回答。

○⑥十時《じゅうじ》になっても父《ちち》が帰《かえ》ってきませんでした。
／到了十點，父親也沒有回來。

上述例句①②③是逆態假定條件句，④⑤⑥是逆態確定條件句。

⑩とも

是用在口語裡的文語接續助詞，接在形容詞、形容詞型助動詞「ない」、「たい」的連用形下面，或接在動詞、動詞型助動詞「せる」、「させる」、「れる」、「られる」終止形或未然形＋う（よう）下面，與「ても」意思相同，表示逆態假定條件。相當於中文的「即使……也……」，或根據前後關係適當地譯成中文。例如：

○いかに困《こま》るとも我慢《がまん》すべきだ。
／無論多麼困擾，也應該忍受。

○遅《おそ》くとも六時《ろくじ》に帰《かえ》ることが出来《でき》ます。
／最晚六點也能回來。

○お金《かね》はなくとも実力《じつりょく》さえあれば大丈夫《だいじょうぶ》だ。
／就算沒有錢，有實力就可以。

○彼《かれ》は相手《あいて》がどう言《い》おうとも、取《と》り上《あ》げないだろう。

／無論對方說什麼，他都不會採納的。

11 けれど(も)

接在活用語終止形下面，構成逆態確定條件，有下面兩種意思：

(1)表示前後兩項相反，或後項出現了與預料相反的結果。相當於中文的「雖然……可是……」。例如：

○兄《あに》は背《せ》が高《たか》いけれども、弟《おとうと》は低《ひく》いです。

／哥哥高，可是弟弟矮。

○寒《さむ》いけれども我慢《がまん》しましょう。

／雖然有點冷，但忍耐一下吧！

○雨《あめ》が降《ふ》っているけれども、大《たい》したことはありません。

／雖然下著雨，但沒有關係。

○子供《こども》には少《すこ》し難《むずか》しいけれども、大人《おとな》ならすぐ出来《でき》るはずです。

／對小孩子來說雖然難了一點，但大人應該立刻就能完成的。

(2)表示單純的接續。在中文裡往往譯不出。

○私《わたし》は李《り》ですけれども、内山《うちやま》さんはいらっしゃいますか。

／我姓李，內山先生在嗎？

○あまりおいしくないかもしれないけれども、どうぞ召《め》し上《あが》ってください。

／可能不是很好吃，但請您吃吃看。

○あれもいいですけれども、この方《ほう》がもっといいですよ。

／那個也好，但這個更好。

⑫ が

接在活用語終止形下面，構成逆態確定條件，表示下面兩種意思：

(1)表示後項出現了與預料相反的結果，或前後兩項相反。與「けれども」的

(1)基本相同。相當於中文的「雖然……可是……」。例如：

○風《かぜ》は吹《ふ》いているが寒《さむ》くはありません。

／雖然颳著風，但是不冷。

○捜《さが》したが見《み》つかりませんでした。
／（雖然）找了但沒有找到。
○それは高《たか》いが、これは安《やす》いです。
／那個貴，可是這個便宜。

(2)表示前後兩項的單純接續。與「けれども」的(2)用法基本相同。但中文裡往往譯不出。

○すみませんが、ちょっとお待ちください。
／對不起，請稍候！
○この間《あいだ》の話《はなし》ですが、あれはその後《あと》どうなりましたか。
／上次提的那件事，後來怎麼樣了？
○私《わたし》は李《り》ですが、あなたはどなたですか。
／我姓李，您是哪位？

⑬のに

接在活用語的連體形下面，構成逆態確定條件，並且含有責怪、不滿或感到意外，感到反常的語氣。相當於中文的「可是」、「儘管」、「偏偏」等，有時也譯不出。

○止《や》めろと言《い》ったのに聞《き》いてくれない。

／叫他停下來，他卻不聽。

○まだはやいのに出掛《でか》けていった。

／還很早呢，他就走了。

○いつも丈夫《じょうぶ》なのに、病気《びょうき》になった。

／平時很健壯的，可是卻得了病。

○日本語《にほんご》が上手《じょうず》なのに、日本語《にほんご》で話《はな》そうとしません。

／儘管日語講得很好，但他卻不想用日語講話。

○事実《じじつ》なのに認《みと》めようとしない。

／雖然是事實，但他卻不想承認。

第十二章　助詞（二）——副助詞、終助詞

第一節 副助詞

它既可以像格助詞那像接在體言下面，也可以像接續助詞那樣接在活用語下面，並且還可以接在副詞、接續詞等各種單語下面，給所接的單詞增加各種意思。它的特點是：

①**可以**與所接的單語結合**在**一**起，充當句子中的各種成分；**

②副助詞**之間**可以重疊使用**；**

③**也**可以與其他助詞重疊起來使用**，重疊起來使用時，副助詞多用在前面，有時也用在後面。**

主要副助詞有**：**は、も、こそ、さえ、でも、しか、まで、ばかり、だけ、ほど、など、なり、やら、か、や等。

1 は

作為副助詞來用時讀作わ，接在體言、副詞、助詞下面，也接在活用語連用形下面，提示所接的單語來與其他加以區別。在中文裡一般譯不出。

○鯨《くじら》は魚《さかな》ではない。

／鯨魚不是魚類。

○太陽《たいよう》は東《ひがし》から昇《のぼ》る。

／太陽是從東方升起。

○私《わたし》は知《し》りません。

／我不知道。

○暑《あつ》くはありません。

／不熱。

○庭《には》には桜《さくら》の花《はな》が咲《さ》いています。

／院子裡開著櫻花。

○君《きみ》が買《か》っても、私《わたし》は買《か》いません。

／就算你買我也不買。

○ときどきは遊《あそ》びにいらっしゃい。

／時常來玩啊！

○孫《そん》さんは少《すこ》しも遊《あそ》びはしません。

／小孫一點也不玩。

②も

和は的接續關係相同，也接在體言、副詞、接續詞、助詞下面，也可以接在活用語連用形下面，主要用來表示下面兩種意思：

(1) 提示某一有代表性的人、事、物。相當於中文的「也……」。例如：

○私《わたし》も知《し》りません。

／我也不知道。

○私《わたし》にも知《し》らせてください。

／請也通知我一聲！

○寒《さむ》くもありません。

／也不冷。

○私《わたし》たちは宿舎《しゅくしゃ》でも日本語《にほんご》で話《はな》します。

／我們在宿舍也用日語交談。

(2) 提示兩個或兩個以上的事物，表示共存或並列。相當於中文的「既……也」、「不論……還是……」，或根據前後關係適當地譯成中文。例如：

○山《やま》も海《うみ》も見《み》えます。

／既看得到山也望得到海。

○雨《あめ》も止《や》んだし、風《かぜ》も静《しず》まりました。

／雨停了，風也停了。

○痛《いた》くもかゆくもありません。

／既不痛也不癢。

○兄《あに》も弟《おとうと》もよく勉強《べんきょう》します。

／無論哥哥還是弟弟都很努力用功。

○英語《えいご》も日本語《にほんご》もみなどっちよくできます。

／無論英語還是日語他都會。

○奈良《なら》も京都《きょうと》も行《い》ったことはありません。
／無論奈良，還是京都都沒去過。
○幾何《きか》も代数《だいすう》もみな百点《ひゃくてん》を取《と》りました。
／幾何和代數都得了一百分。

3 こそ

接在體言、副詞、助詞下面，也接在活用語連用形下面，加強語氣。相當於中文的「正是」、「就是」、「才是」，或根據前後關係適當地譯成中文。

○私《わたし》こそ失礼《しつれい》しました。
／我才是對不起你。
○この本《ほん》こそ私《わたし》の買《か》いたい本《ほん》です。
／這本書正是我想買的書。
○今度《こんど》こそしっかりやるのです。
／這一次一定要努力去做。

○あなたがいたからこそ、みんなはそんなに言《い》うのです。
／正因為有你在，大家才那麼說。
○努力《どりょく》があってこそ、本当《ほんとう》の成功《せいこう》があります。
／只有努力，才有真正的成功。

4 さえ

接在體言、副詞、助詞下面，也接在活用語連用形下面，有下面幾種含意：

(1) 舉出一個極端的事例，使人類推其他。相當於中文的「連……都……」、「甚至……」等。

○彼《かれ》は仮名《かな》さえ読《よ》めません。
／他連假名都不認識。
○バスさえ通《とお》っていない片田舎《かたいなか》です。
／那是連公車都不行駛的偏僻的鄉村。
○日曜日《にちようび》さえも十分休《じゅうぶんやす》むことができません。
／連星期天也不能好好地休息。

○家族《かぞく》にさえ知《し》らせずに、旅《たび》に出《で》ました。
／他連家裡的人也沒有通知，就出外旅行去了。

(2)用「～さえ～ば」表示唯一的必要條件，即限定這一條件，而不考慮其他。相當於中文的「只要」等。但它的接續關係比較複雜。既：

①名詞**さえ～ば～**。
②動詞及動詞型助動詞連用形**さえ**すれ**ば～**。
③形容詞連用形（く）**さえ**あれ**ば～**。
④形容動詞連用形（で）**さえ**あれ**ば～**。

用例：

○お湯《ゆ》さえあれば結構《けっこう》です。
／有熱水就可以了。
○行《い》きさえすればいいのです。
／只要去就可以了。
○品《しな》がよくさえあれば、高《たか》くても構《かま》いません。
／只要東西好，即使貴一些也沒有關係。

○交通《こうつう》が便利《べんり》でさえあれば、少《すこ》し遠《とお》くてもいいのです。

／只要交通方便，遠一點也沒有關係。

(3) 表示添加，即在前一項的情況下，又加上了後項的情況。相當中文的「連」、「而且」、「並且」。例如：

○寒《さむ》いうえに雪《ゆき》さえ降《ふ》り出《だ》した。

／天氣冷並且又下起了雪。

○この頃《ごろ》は手紙《てがみ》どころか、葉書《はがき》さえくれません。

／最近，寫信就不用說了，連明信片也不寄一張來。

○ただ一《ひと》つのたのみの綱《つえ》さえなくなった。

／連唯一的一個依靠也沒了。

5 でも

接在體言、副詞、助詞（多是格助詞）下面，有時也接在動詞連用形下面，表示下面幾種意思：

(1)舉出一極端事例，使人類推其他。相當於中文的「連……也……」、「哪怕……也……」。例如：

○低《ひく》い山《やま》ですから、子供《こども》でも登《のぼ》れます。

／因為是一座矮山，連小孩子也爬得上去。

○暗《くら》い部屋《へや》ですから、昼《ひる》でも電灯《でんとう》をつけないと、新聞《しんぶん》も読《よ》めません。

／因為是比較陰暗的房間，甚至在白天，不點燈的話，就沒有辦法看報紙。

○ちょっとでもいいから、見《み》せてください。

／一下就好，給我看一看。

(2)接在「なに」、「だれ」、「どこ」、「いつ」等疑問詞下面，與肯定的述語相呼應，表示全面肯定。相當於中文的「無論……都……」、「不管……都……」。例如：

○こんな問題《もんだい》は誰《だれ》でも答《こた》えられます。

／這種問題，（無論）誰都答得出來。

○魚《さかな》なら何《なん》でも食《た》べます。

／只要是魚，什麼都吃。

○いつでもいいから遊《あそ》びにいらっしゃい。
／什麼時候都可以，歡迎來玩。
○必要《ひつよう》ならいくらでもいいから、お買《か》いなさい。
／如果有需要的話，多少錢都可以，你買吧！

有時候，述語用否定述語，表示全面否定。相當於中文的「無論……也不……」。例如：

○誰《だれ》でも答《こた》えられません。
／無論誰都答不出來。
○いつでも家《いえ》にいません。
／無論什麼時候都不在家。

(3) 例舉一種事物，使人聯想其他，這樣講話語氣委婉謙遜。可譯作中文「什麼的」，也可以不譯出。

○まだ時間《じかん》があるので、お茶《ちゃ》でも飲《の》んでいきましょう。
／還有時間，因此喝杯茶再去吧！
○お菓子《かし》でもおあがりなさい。
／吃點點心吧！

○先生《せんせい》にでも聞《き》いたらいいでしょう。

／問一問老師好了。

○あまり暑《あつ》いから水泳《すいえい》にでも行《い》きましょう。

／太熱了，我們去游泳吧。

⑥しか

接在體言、副詞、助詞下面，有時也接在動詞連體形下面，與後面的否定述語相呼應，構成「～しか～ない」慣用型，表示突出地提出只有某一事項，而否定其他。相當於中文的「只有」、「僅有」。例如：

○冷蔵庫《れいぞうこ》には野菜《やさい》しかありません。

／冰箱裡只有蔬菜。

○昨夜《ゆうべ》五時間《ごじかん》しか寝《ね》ませんでした。

／昨晚我只睡了五個小時。

○私《わたし》は東京《とうきょう》へしか行《い》ったことはありません。

／我只有去過東京。

○今朝《けさ》パンをちょっとしか食《た》べませんでした。

／早上只吃了一點麵包。

○目《め》はおぼろにしか見《み》えません。

／眼睛只看得見一些模糊的景象。

○バスも電車《でんしゃ》もないところだから、歩《ある》いていくしかありません。

／是一個沒有公車和電車的地方，所以只能走著去。

7 まで

它有下面兩種用法：

(1)接在體言下面，表示到達的時間或空間的終點。相當於中文的「到」、「到……為止」。例如：

○十一時《じゅういちじ》までテレビを見《み》ていました。

／看電視看到了十一點。

○五時《ごじ》まで事務所《じむしょ》にいました。

／在事務所待到了五點。

○今度《こんど》の旅行《りょこう》はどこまで行《い》くつもりですか。

／這次旅行你想到哪兒？

○京都《きょうと》まで行《い》くつもりです。

／我想到京都。

它除了這樣作為補語來用外，還可以用までの作連體修飾語，用までです作述語，用まではは作主語等。例如：

○京都《きょうと》までの切符《きっぷ》を買《か》って来《き》ました。

／我買來了到京都的車票。

○この電車《でんしゃ》は大阪《おおさか》までです。

／這班電車到大阪。

○八時《はちじ》から十時《じゅうじ》までは日本語《にほんご》の会話《かいわ》の時間《じかん》です。

／從八點到十點是日本語的會話時間。

(2)接在體言、助詞等下面，舉出一極端事項，使人推測較輕的事項。相當於中文的「甚至……」、「連……」。例如：

○子供《こども》のけんかに大人《おとな》まで出《で》て来《き》ました。
／小孩子在打架，連大人都出來了。
○君《きみ》まで反対《はんたい》するのですか。
／連你也反對嗎？
○子供《こども》にまで笑《わら》われました。
／甚至被小孩們笑。

8 ばかり

接在體言、副詞、助詞以及活用語的連體形下面，與所接單語結合起來，具有體言資格，常作為連用修飾語來用，也可以用～ばかりの作連體修飾語，用～ばかりです作述語，用～ばかりは作主語用。

(1)表示大概的數量或程度。相當於中文的「多」、「大概」、「大約」、「左右」、「前後」等。

○作文《さくぶん》を書《か》くのに三時間《さんじかん》ばかりかかりました。
／用了三個多小時寫作文。

○二十歳《はたち》ばかりの青年《せいねん》がさっき君《きみ》を尋《たず》ねてきました。

／方才一個二十多歲的青年來找你。

○値段《ねだん》は二万円《にまんえん》ばかりです。

／價錢是兩萬日圓左右。

○父《ちち》は会社《かいしゃ》から帰《かえ》ってきたばかりです。

／父親剛剛從公司回來。

(2) 表示事物的範圍或限度。相當於中文的「只」、「光」、「淨」等。

○彼《かれ》は自分《じぶん》のことばかり考《かんか》えています。

／他只想著自己的事情。

○弟《おとうと》毎日《まいにち》小説《しょうせつ》ばかり読《よ》みます。

／弟弟每天淨看小說。

○家《いえ》の中《なか》にはほこりばかりです。

／房子裡滿是灰塵。

○そんなものきれいなばかりで役《やく》に立《た》ちません。

／那種東西光好看，不中用。

○野村《のむら》さんは英語《えいご》ばかりでなく、フランス語《ご》もなかなか上手《じょうず》です。

／野村小姐不僅英語好，而且法語也很好。

(3)用「～たばかりに」連接前後兩項，表示由於前項這一原因，而產生了後項的消極結果。相當於中文的「正因為……所以」、「因為……才」。例如：

○風邪《かぜ》を引《ひ》いたばかりに講演会《こうえんかい》に出《で》られませんでした。

／因為感冒了，所以沒能參加講演會。

○入院《にゅういん》したばかりに学期末試験《がっきまつしけん》を受《う》けられませんでした。

／因為住了院，未能參加學期考試。

○油断《ゆだん》したばかりに怪我《けが》をしてしまいました。

／因為大意了，才受了傷。

9 だけ

是和ばかり的意思、用法大致相同的副助詞，接在體言、副詞、助詞和活用語連體形下

面，具有體言資格，除了作連用修飾語外，可以用だけの作連體修飾語，用だけは作主語來用。

(1)表示限定某一人物、場所、事物。相當於中文的「只（有）」、「光」、「僅僅」等。

○運動会《うんどうかい》に出《で》る選手《せんしゅ》だけ（が）残《のこ》りました。

／只有參加運動會的選手留下了。

○父《ちち》は太郎《たろう》だけ（を）連《つ》れて外出《がいゆつ》しました。

／父親只帶太郎出去了。

○今度《こんど》の修学旅行《しゅうがくりょこう》は東京《とうきょう》へ行《い》っただけです。

／這次修學旅行只去了東京。

○今度《こんど》の試験《しげん》で百点《ひゃくてん》を取《と》ったのは二人《ふたり》だけです。

／這次考試得一百分的只有兩個人。

○それを父《ちち》にだけ話《はな》しました。

／那件事情只向父親講了。

○彼《かれ》は英語《えいご》だけではなく、フランス語《ご》もできます。
／他不僅會英文，還會法語。

(2)表示限定的限度。相當於中文的「這些」、「這點」。或根據前後關係譯成中文。

○これだけ（が）あれば沢山《たくさん》です。
／有了這些就足夠了。

○欲《ほ》しいだけ（を）お取《と》りなさい。
／你需要多少就拿多少。

○お好《す》きなだけ（を）お上《あが》りなさい。
／你喜歡吃什麼就吃什麼。

○それだけ（が）読《よ》めれば十分《じゅうぶん》だ。
／能夠讀那麼多就可以了。

○できるだけの手《て》を尽《つ》くしました。
／把能試的方法都試過了。

這一用法經常構成以下慣用型使用。

○オリンピック選手《せんしゅ》だけあって強《つよ》いです。

／不愧是奧林匹克選手，真厲害。

○彼《かれ》はよく頑張《がんば》っただけあって、いい成績《せいせき》をとりました。

／畢竟他很努力了，所以獲得了好成績。

○品《しな》がよいだけに、ねだんも高《たか》いです。

／正因為東西好，所以價錢也貴。

⑩ほど

一般只接在體言、用言、少數助動詞（如ない、たい）等連體形下面。

(1)表示某種程度。相當於中文的「像」、「如同」。

○受《う》けた恩《おん》は山《やま》ほど高《たか》く、海《うみ》ほど深《ふか》いです。

／受的恩情如山高、似海深。

○新聞《しんぶん》が読《よ》めないほど暗《くら》くなりました。

／天黑得連報紙都看不清了。

○今日《きょう》は昨日《きのう》までほど暑《あつ》くないようです。

／今天似乎不像昨天以前那麼熱。

○あの山《やま》は高《たか》い山《やま》であっても富士山《ふじさん》ほど高《たか》くあるません。

／那座山雖也是一座高山，但沒有富士山那麼高。

(2) 接在用言連體形下面，構成「～ば～ほど」慣用型，表示所形成的比例。相當於中文的「愈……愈……」。例如：

○練習《れんしゅう》すれば練習《れんしゅう》するほど熟練《じゅくれん》します。

／愈練愈熟練。

○読《よ》めば読《よ》むほど面白《おもしろ》くなります。

／愈看愈有趣。

○山《やま》の上《うえ》は高《たか》ければ高《たか》いほど寒《さむ》くなります。

／山上愈高愈冷。

有時省略～ば也表示相同的意思。例如：

○考《かんが》えるほどわからなくなります。

／愈想愈不懂。

○品《しな》が丈夫《じょうぶ》なほどよいです。

／東西愈結實愈好。

(3) 接在數詞等下面，表示大概的數量。相當於中文的「……多」、「大概」、「大約」、「左右」、「上下」等。例如：

○会場《かいじょう》にはまだ十人《じゅうにん》ほど残《のこ》っています。

／會場裡還剩十多個人。

○アルバイトをすると、一日《いちにち》に八千円《はっせんえん》ほどの収入《しゅうにゅう》があります。

／打工的話，每天可以有八千多日圓的收入。

○昨日《きのう》までで、半分《はんぶん》ほどできました。

／到昨天為止，已經完成了一半以上。

○あれから、もう十年《じゅうねん》ほど経《た》ってしまいました。

／從那時起已經過了十多年了。

11 くらい（ぐらい）

兩者意思、用法相同，都接在體言、副詞、助詞下面，也接在活用語連體形下面。

(1)表示大概的程度，一般用來表示較少的程度。可根據前後適當地譯成中文。

○平仮名《ひらがな》ぐらいは読《よ》めます。

／平假名這種程度還認識。

○遅《おそ》いと言《い》っても花子《はなこ》ぐらいは走《はし》れるでしょう。

／雖說慢一點，但應該能跑得像花子一樣快吧。

○少《すこ》し痛《いた》いくらいは我慢《がまん》しなさいよ。

／這麼點痛，請忍耐一下！

○少《すこ》し愚《おろ》かなくらいまじめです。

／他認真得有些愚蠢。

○遊《あそ》びにくらい来《き》てもよかろう。

／來玩一玩也好嘛。

(2)接在數詞下面，表示大概的較少的數量。相當於中文的「大概」、「大約」、「左右」、「上下」、「前後」等。

○演説《えんぜつ》は二時間《にじかん》ぐらい続《つづ》いたようです。
／演講好像繼續了兩個鐘頭左右。
○駅《えき》はここから五《ご》キロぐらい離《はな》れたところにあります。
／車站在離這兒五公里左右的地方。
○飲《の》めないと言《い》っても一杯《いっぱい》ぐらいは飲《の》めるでしょう。
／雖說不會喝酒，一杯左右還是可以喝吧。
○大阪《おおさか》までの電車賃《でんしゃちん》はいくらぐらいですか。
／到大阪的電車費要多少錢？

⑫ など

接在體言、副詞下面，也接在活用語終止形下面。

(1) 用「～や～や～など」慣用型，表示概括並列的幾個事物。相當於中文的「等」。例如：

○りんごや蜜柑《みかん》などを買《か》ってきました。
／我買來了蘋果、橘子等。

○多《おお》くの農家《のうか》は牛《うし》や羊《ひつじ》や豚《ぶた》などを飼《か》っています。
／許多農家飼養著牛、羊、豬等。
○私《わたし》は漱石《そうせき》や鴎外《おうがい》などの小説《しょうせつ》を読《よ》んだことがあります。
／我看過夏目漱石、森鷗外等人的小說。

(2)表示例示。即舉出某一件事物以暗示其他。相當於中文的「什麼」、「……之類」等。例如：

○お酒《さけ》など飲《の》みませんか。
／你不喝點酒或什麼的嗎？
○今頃《いまごろ》蜜柑《みかん》などはありません。
／現在沒有橘子之類的東西。
○朝寝《あさね》するなどはいけませんよ。
／不可以睡什麼懶覺的喔！
○つらいなどと言《い》っていられません。
／不能喊苦之類的。

○ただ知《し》らんなどと答《こた》えてはいけませんよ。
／不能只回答一句不知道之類的話。

⑬なり

接在體言、副詞、助詞下面，或接在動詞終止形下面。

(1)用「AなりBなり～」、「AするなりBするなり～」慣用型，表示從兩種事物選擇其中之一。相當於中文的「……也好……也好」、「或著……或著……」等。

○お茶《ちゃ》なりコーヒーなりはやくください。
／茶也好，咖啡也好，請快給我！
○あなたなり、私《わたし》なり、行《い》かなければなりません。
／你也好，我也好，總得有一個人去。
○参《さん》加《か》するなり、欠席《けっせき》するなりはやく決《き》めてください。
／請你快一點決定，參加還是不參加。

○汽車《きしゃ》でなり、電車《でんしゃ》でなりははやく行《い》ってください。

／坐火車也好，坐電車也好，快點去吧！

○ペンなりボールペンなりで書《か》いてください。

／請用鋼筆或用原子筆寫！

(2)與「でも」(3)的意思、用法相同，表示作為例子舉出某一事物，使人聯想其他的事物。有時譯作中文「什麼的」，也可以不譯出。

○お茶《ちゃ》なり（と）飲《の》んでいきましょう。

／喝杯茶（什麼的）再去吧。

○代《か》わりの人《ひと》なり（と）来《く》ればいいのに。

／有代替的人來就好了。

○これなり（と）持《も》ってお帰《かえ》りなさい。

／把這個帶回去吧！

○わずかなり（と）残《のこ》して置《お》きましょう。

／一點點也好，留一些吧。

○ちょっとなり（とも）じっとしていられない。

／就算一下子也靜不下來。

14 か

多接在體言之下，也接在用言終止形下面。

(1) 接在疑問詞（如なに、だれ、どこ、どちら、いくら等）下面，表示不確定，即不敢肯定說出某種具體的東西、具體的人等。可根據句子的前後關係譯成中文。例如：

○箱《はこ》の中《なか》は何《なに》か入《はい》っています。

／箱子裡有什麼東西。

○誰《だれ》か私《わたし》の辞書《じしょ》を持《も》って行《い》きました。

／有人把我的字典拿去了。

○李《り》君《くん》は中学校《ちゅうがっこう》を卒業《そつぎょう》すると、すぐどこかへ行《い》ってしまいました。

／小李從中學畢業以後，就不知道到什麼地方去了。

○それから何年《なんねん》か過《す》ぎました。

／在那之後又過了幾年。

○いつかおたずねいたします。

／總有一天我會去拜訪您的。

○どこにあるのかわかりません。

／不知道在什麼地方。

(2)一般用「～か～か～」慣用型，表示從並列的事物中選擇其中之一。相當於中文的「或者」、「不是……就是……」。例如：

○兄《あに》か私《わたし》がまいります。

／不是哥哥去，就是我去。

○彼《かれ》は教室《きょうしつ》か図書館《としょかん》（か）にいるでしょう。

／他不是在教室，就是在圖書館吧。

○みかんかりんご（か）を買《か》ってください。

／請買些橘子或買些蘋果。

○あしたかあさってかに帰《かえ》ります。
／明天或者後天回去。
○彼《かれ》はバスか電車《でんしゃ》（か）で帰《かえ》ったでしょう。
／他大概坐公車或電車回去了。

⑮や

多接在體言下面，有時候接在用言終止形下面，構成「～や～や」慣用型，表示並列。相當於中文的「……啦……啦」、「或」。

○ペンやノートを買《か》ってきました。
／買來了筆、筆記本。
○池《いけ》の中《なか》には金魚《きんぎょ》や鯉《こい》などが泳《およ》いでいます。
／水池裡游著金魚、鯉魚等。
○うちには父《ちち》や母《はは》や兄《あに》がいます。
／家裡有父親、母親、哥哥。

○昨日《きのう》や今日《きょう》に始《はじ》まったことではありません。
／並不是這一兩天才開始的。
○読《よ》むや書《か》くやで暇《ひま》がありません。
／又看又寫，根本沒空。
○つらいや苦《くる》しいやで泣《な》いています。
／痛苦，難受得在哭。

⑯やら

接在體言、助詞下面，也接在用言終止形下面。

(1) 與副助詞「か」的意思、用法相同，接在疑問詞（如なに、だれ、どこ、どちら、いくら等）下面，表示不確定。即不能肯定說出某具體的東西、具體的人。可根據句子的前後關係譯成中文。例如：

○箱《はこ》の中《なか》には何《なに》やら入《はい》っています。
／箱子裡有什麼東西。

○誰《だれ》やらそう言《い》っていました。

／曾經有人那麼說了。

○どこでやら見《み》たことのある人《ひと》です。

／他是我在某處見過的人。

○あの本《ほん》は誰《だれ》やらにやってしまいました。

／那本書我送給某人了。

○そう言《い》ったのは誰《だれ》やらわからない。

／不知道是誰那麼說了。

有時也接在普通名詞下面，表示相同的意思，即不敢肯定說出具體的東西、具體的人。可譯作中文的「什麼……」。例如：

○兄《あに》は新竹《しんちく》やらへ行《い》きました。

／哥哥到新竹什麼的地方去了。

○野村《のむら》やらという人《ひと》が来《き》ました。

／一位叫什麼野村的人來了。

(2)用「～やら～やら～」慣用型，與「や」的意思、用法相同，表示並列。相當於中文的「……啦……啦」、「又……又……」等，或根據前後關係適當地譯成中文。

○お茶《ちゃ》やらお菓子《かし》やら沢山《たくさん》いただきました。

／喝了好多茶，吃了好多點心。

○本《ほん》やらノートやらが机《つくえ》の上《うえ》に置《お》いてあります。

／在桌子上放了書啦，筆記本。

○伯父《おじ》やら叔母《おば》やらへも知《し》らせてやらなければなりません。

／必須通知伯父、嬸母等人。

○打《う》つやら蹴《け》るやらひどいことをしました。

／又打又踢的，做了過分的事。

○珍《めずら》しいやら楽《たの》しいやらまるで夢《ゆめ》のようです。

／既新奇又愉快，簡直像作夢一樣。

第二節　終助詞

終助詞接在文（句子）的最後或文節的下面，表示疑問、禁止、感嘆或加強語氣等。具體的有か、かしら、な、な（あ）、ぞ、ぜ、とも、よ、ね、さ等。

1 か

用於句子（文）的最後。具體地接在活用語（不包括形容詞）終止形下面，或接在形容動詞語幹、名詞、副詞下面。表示下面兩種意思：

(1) 表示疑問或質問。相當於中文的「嗎？」、「呢？」等。

○いい所《ところ》ですか。

／地方好嗎？

○交通《こうつう》は便利《べんり》か。
／交通方便嗎？
○いつ行《い》くか。
／什麼時候去？
○いつお帰《かえ》りになりますか。
／什麼時候回去？
○これはあなたの本《ほん》ですか。
／這是你的書嗎？
○あれはデパートですか。
／那是百貨公司嗎？
○まだわからないですか。
／還不懂嗎？
○どうして答《こた》えないのか。
／為什麼不回答？

(2)表示反問、反語。以反問的形式表示相反的意思。相當於中文的「難道……嗎？」、「……嗎？」例如：

○そんなことがあるものか。

／真有那樣的事情嗎？

○こんな時《とき》に黙《だま》っていられますか。

／這時候能夠不吭一聲嗎？

○君《きみ》もそう言《い》ったのではないか。

／你不是也那麼說了嗎？

○これは日光《にっこう》の東照宮《とうしょうぐう》の写真《しゃしん》ではありませんか。

／這不是日光東照宮的照片嗎？

②かしら

是終助詞か與知《し》らぬ兩者結合起來構成的終助詞，也接在活用語（不包括形容動詞）終止形下面，或形容動詞語幹、名詞、副詞下面，表示懷疑、疑問。多為女性使用。可譯成中文「嗎」、「吧」等。

○それは内山《うちやま》の眼鏡《めがね》かしら。

／那是內山的眼鏡吧！

○李《り》さんも行《い》くかしら。

／小李也去嗎？

○相当遠《そうとうとお》いかしら。

／相當遠吧。

○昨夜雨《ゆうべあめ》が降《ふ》ったかしら。

／昨天下了雨吧。

○病人《びょうにん》の様子《ようす》はどうかしら。

／病人的情況怎麼樣？

上述句子裡的かしら，多用於句子的最後，但有時也接在疑問詞（如なに、だれ、どこ等）下面，用於句子中間，與副助詞か的意思、用法相同。

○誰《だれ》かしら来《き》たでしょう。

／有人來了吧！

○どこかしら座《すわ》る所《ところ》があるでしょう。

／那裡有坐的地方吧！

○何《なに》かしら買《か》っていらっしゃたのですか。

／買了什麼東西回來嗎？

3 な

用在句子的最後。具體地接在動詞、動詞型助動詞、ます的終止形下面，表示禁止命令。相當於中文的「不要……」。例如：

○遠《とお》いところへ行《い》くな。

／不要往遠的地方去！

○動《うご》くな。

／不要動！

○嘘《うそ》をつくな。

／不要撒謊！

○騙《だま》されるな。
／不要上當受騙！
○子供《こども》を泣かせるな。
／不要讓小孩子哭！
○決《けっ》してご心配《しんぱい》くださいますな。
／請不要擔心！

4 な（あ）

用在句子的最後。

(1) 接在一般動詞、形容詞、形容動詞、助動詞終止形下面，表示感嘆。多用「なあ」。可譯作中文的「啊」。

○明日《あした》晴《は》れると思《おも》うなあ。
／我想明天應該是晴天吧！
○ずいぶん寒いなあ。
／真冷啊！

○実《じつ》に不思議《ふしぎ》だなあ。

／真奇怪啊！

○腹《はら》がへったなあ。

／肚子餓了啊！

○いい天気《てんき》ですなあ。

／真是好天氣啊！

(2)接在特殊動詞「なさる」、「くださる」、「いらっしゃる」的命令形下面，即用「なさいな」、「くださいな」、「いらっしゃいな」，來緩和語氣。女性使用。

○たまに勉強《べんきょう》しなさいな。

／偶爾也要用點功啊！

○好《す》きなら持《も》っていってくださいな。

／你喜歡就拿去吧！

○明日《あした》の午後《ごご》、私《わたし》の家《うち》へいらっしゃいな。

／明天下午到我家來啊！

5 ぞ

用在句子的最後，具體地接在活用語的終止形下面，表示警告、提醒。但只有男性使用，並且只能用於親密的朋友之間或對下級使用。可譯作中文的「啊」、「啦」。

○危《あぶ》ないぞ。気《き》を付《つ》けろうよ。

／危險啊！注意點喲！

○ほら、行《い》くぞ。

／喂！開始囉！

○仕事《しごと》はつらいぞ。

／工作可是累的啊！

○あの人《ひと》の様子《ようす》は少《すこ》し変《へん》だぞ。

／那個人的樣子有些奇怪啊！

○そんなことを言《い》うと、笑《わら》われるぞ。

／要是這麼說，可會讓人笑話啊！

○雨《あめ》が降《ふ》ってきたようだぞ。

／好像開始下雨啦！

6 ぜ

與ぞ的意思、用法相同，也接在活用語終止形下面，表示警告、提醒，只是與ぞ比較起來，語氣稍弱一些，也是只有男人使用，並且只能用於親密的朋友之間或晚輩、下級。可譯作中文的「啊」、「吧」。

○急《いそ》がなければおくれるぜ。
／再不快點走要晚了啊！
○明日《あした》の出発《しゅっぱつ》ははやいぜ。
／明天的出發可要早啊！
○さあ、もう遅《おそ》いから帰《かえ》ろうぜ。
／已經很晚了，我們回去吧！
○頼《たの》むぜ。君《きみ》を頼《たよ》りにしているんだから。
／拜託你啊！我指望你啊！

7 とも

用在句子的最後，接在活用語的終止形下面，用來加強語氣，含有理所當然、不言而喻的意思。可譯作中文的「一定」、「當然」、「完全」等。例如：

○「明日《あした》行《い》くか。」

／「明天去嗎？」

「行《い》くとも。」

／「當然去啊。」

○「よく勉強《べんきょう》しなさいよ」。

／「要努力用功啊！」

「しますとも。」

／「當然會用功了。」

○「それでいいですか。」

／「這樣可以嗎？」

「いいですとも。」

／「完全可以。」

○「あちらは交通《こうつう》が便利《べんり》ですか。」

／「那裡交通方便嗎？」

「便利《べんり》だとも。」
／「方便得很。」

8 よ

用於句子的最後。接在活用語的終止形下面、命令形下面，有時也直接接在體言下面（為女性用語），起一個緩和或加強語氣的作用，有強調自己的意見或提醒、叮囑對方的含義。相當於中文的「啊」、「啦」、「吧」等。

○さあ練習《れんしゅう》だよ。
／喂！該練習啦！
○これは山田《やまだ》さんの本《ほん》よ。（女性用語）
／這是山田先生的書啊。
○実《じつ》に素晴《すば》らしいよ。
／好得很啊！
○本《ほん》を買《か》いに行《い》くよ。
／我要去買書啊！

○ほしければあげるよ。

／你要是想要的話，送給你吧！

○そろそろ帰《かえ》ろうよ。

／我們該回去了吧！

○遅刻《ちこく》するからはやく行《い》けよ。

／要遲到了啊，快去吧！

○私《わたし》の言《い》うことをちゃんと聞《き》きなさいよ。

／要好好聽我的話啊！

⑨ね（え）

用於句子的最後或文節的下面。接在體言、副詞、接續詞或助詞下面，也接在活用語終止形下面。

(1)接在句子下面，表示自己的主張或對對方的叮囑。相當於中文的「啊」、「吧」。

○少《すこ》し寒《さむ》いね。
／有點兒冷啊！
○もう一度《いちど》やってみましょうね。
／再做一次看看吧！
○ずいぶんきれいな部屋《へや》ですね。
／真是個乾淨的房間啊！
○明日《あした》必《かなら》ずいらっしゃいね。お待《ま》ちしていますから。
／明天您一定要來啊！我等著您。
○あら、ちょっとこの着物《きもの》見《み》せて、いい柄《がら》ね。（女性用語）
／哎呀！這衣服借給我看一看，好漂亮的花色啊！
○昨日《きのう》はお会《あ》いできなくて、残念《ざんねん》でしたね。（女性用語）
／昨天沒能見到你，真遺憾！

（2）用在句子裡的文節下面，促使聽話者注意或加強語氣。相當於中文的「啊」、「呀」或根據前後關係適當地譯成中文。

○ね、お茶《ちゃ》でも飲《の》んで行《い》きましょう。

／喂！喝杯茶再去吧！

○明日《あした》はね、東京《とうきょう》へ行《い》くことになったんです。

／我明天要去東京。

○実《じつ》はね、少《すこ》しお金《かね》を貸《か》してもらいたいんですけれど。

／其實呢，我想借一些錢用。

○しかしねえ、あの人《ひと》には欠点《けってん》もあるのではないか。

／可是啊，他不是也有缺點嗎？

○僕《ぼく》はね、どうも頭《あたま》がよわくて。

／我啊，頭腦是不好的。

⑩さ

用於句子的最後或文節下面，具體地接在活用語的終止形下面，或接在體言、副詞、接續詞以及少數的助詞下面。多為男性使用，女性很少使用。

(1)接在句子最後，表示自己的斷定、主張。相當於中文的「啦」、「啊」、「麼」等。

○それは当《あ》たり前《まえ》さ。
／那是理所當然的啦。

○今《いま》すぐ行《い》くさ。
／現在立刻就去啊。

○僕《ぼく》にだって読《よ》めるさ。
／我也讀得懂啊。

○知《し》っていたけど、言《い》わなかっただけさ。
／我知道，只是沒有說而已。

(2)和表示疑問的單詞結合在一起使用，表示疑問、質問。相當於中文的「嗎」等。

○何《なに》を言《い》っているのさ。
／你在說什麼？

○どこへ行《い》ったのさ。

／你到哪裡去了？

(3)接在文節下面，加強語氣，促使對方注意。相當於中文的「啊」。

○だからさ、一緒《いっしょ》に行《い》こうよ。

／所以啊，一塊去吧！

○あなただってさ、そう思《おも》うでしょう。

／你也是那麼想吧！

○兄《あに》もさ、そう言《い》ったんだ。

／哥哥也那麼說了啊！

結束語

以上是簡明文法的主要內容。這本文法勾畫出日語口語文法的整個輪廓，為讀者提供基本文法知識，使讀者對日語口語文法有一個概括的了解。讀者掌握這些文法後，就已打下學習日語的基礎。

由於本書是簡明文法，要求簡明扼要，所以僅收錄主要的文法現象，而一些使用頻率不高的語法，則不得不割愛。如有些助詞便沒有收入。對於用法也只是就其中的主要用法做了說明，較複雜的用法則沒有深入探討。對這一類問題，讀者如有需要也可以查其他相關書籍進行研究。另外，對某些文法現象，日語學界還是有許多不同的解釋。如對助詞的分類，對某一個助詞所屬的類別，都有不同的說法，而本書只依據「日本學校文法」進行探討，對其他學說既沒有介紹，也沒有更多的解釋，這些問題還請讀者諒解。

索引

索引

本索引收錄書中出現的文法和相關慣用型，且按日語五十音即あ、い、う、え、お順序編排，方便讀者快速查閱。

【　あ　】

【　か　】

【　さ　】

【　た　】

【　ら　】

【　わ　】

【　ま　】

【　や　】

メモ

メモ

大字清晰版
基礎日本語
文法

基礎日本語 文法/趙福泉著. -- 初版. --
臺北市：笛藤, 2021.03
面； 公分
大字清晰版
ISBN 978-957-710-812-8(平裝)

1.日語 2.語法

803.16 110003623

2021年3月24日 初版第1刷 定價420元

著者	趙福泉
編輯	詹雅惠・黎虹君
編輯協力	賴亭孝
封面設計	王舒玗
總編輯	賴巧凌
編輯企畫	笛藤出版
發行所	八方出版股份有限公司
發行人	林建仲
地址	台北市中山區長安東路二段171號3樓3室
電話	(02) 2777-3682
傳眞	(02) 2777-3672
總經銷	聯合發行股份有限公司
地址	新北市新店區寶橋路235巷6弄6號2樓
電話	(02)2917-8022・(02)2917-8042
製版廠	造極彩色印刷製版股份有限公司
地址	新北市中和區中山路二段380巷7號1樓
電話	(02)2240-0333・(02)2248-3904
印刷廠	皇甫彩藝印刷股份有限公司
地址	新北市中和區中正路988巷10號
電話	(02)3234-5871
郵撥帳戶	八方出版股份有限公司
郵撥帳號	19809050

●版權所有，請勿翻印●
© Dee Ten Publishing
Printed in Taiwan.
(本書裝訂如有漏印、缺頁、破損，請寄回更換。)